GAME OF GOETIA

니콜로 장편소설

FUSION FANTASTIC STORY

마왕의 게임

마왕의 게임 9

니콜로 장편소설

초판 1쇄 찍은 날 § 2016년 3월 15일
초판 1쇄 펴낸 날 § 2016년 3월 21일

지은이 § 니콜로
펴낸이 § 서경석

편집책임 § 한준만

펴낸곳 § 도서출판 청어람
등록번호 § 제387-1999-000006호
등록일자 § 1999. 5. 31
어람번호 § 제1-2379호

주소 § 경기도 부천시 원미구 부일로 483번길 40 서경B/D 3F (우) 14640
전화 § 032-656-4452 팩스 § 032-656-4453
http://www.chungeoram.com
Email § chungeorambook@daum.net

ISBN 979-11-04-90700-5 04810
ISBN 979-11-04-90396-0 (세트)

목차

마왕의 게임

GAME
OF
GOETIA

제1장

능력

　─모르겠네. 그자와는 서열전을 치러보지 못했어. 불화와 흉조를 관장하는 악마군주 안드라스의 계약자이니, 대략 그런 능력을 가졌을 거라고 짐작은 하네만.

　오자서는 모른다고 했다.

　그리고 조아생 뭐라는,

　─붙어보긴 했어. 내가 패배했고. 아니, 그냥 뭐 공격 들어갔더니 어마어마한 병력이 떡하니 기다리고 있더라니까?

　'좀 더 자세히 말해줄 수 없나?'

　─그것 말고는 딱히 해줄 말이 없는데?

　그레모리를 통해서 텔레파시를 했지만, 결국 소득은 없었다.

　"그냥 붙어봐야 알겠군요."

"괜찮을까요? 아니면 특별한 정보가 더 생길 때까지 도전을 미루는 것도 한 방법이에요."

이신은 고개를 저었다.

"더 기다린다고 해서 정보가 생길 것 같지는 않습니다."

"그럼 그냥 도전할까요?"

"예, 마물을 상대로 한 싸움은 평소에도 질 드 레와 자주 모의전을 해서 익숙합니다."

일단은 기본기로 승부하겠다는 이신의 생각이었다.

그렇게 하여 악마군주 안드라스에게의 도전이 결정되었다.

상대 종족이 마물이라면 비교적 부담이 덜 가는 상대였다.

질 드 레가 가장 잘 다루는 종족이 마물인 만큼 모의전 연습을 할 기회가 가장 많았기 때문이다. 그러면서 각 전장마다 마물을 상대로 한 빌드 오더들도 많이 구상해 놓았다.

'당장 붙는다 해도 써먹을 수 있는 전략이 얼마든지 있으니까.'

그렇다면 차라리 상대에게 더 준비할 시간을 주지 않기로 했다.

*　　　　*　　　　*

"기다리고 있었다."

기다리고 있었던 악마군주 안드라스가 인사말을 건넸다.

악마군주 안드라스. 그의 모습은 천사와도 같았다.

커다란 한 쌍의 날개를 등에 달고 있고, 오른손에는 푸른 불길이 활활 타오르는 검을 쥐고 있었다.

하지만 그는 척 보기에도 결코 천사가 아니었다. 까마귀처럼 불길한 검은 날개에서 음험한 마력이 느껴졌다.

날개와 아름다운 용모를 지닌 미남자였음에도, 악마 중의 악마라는 느낌이 확연히 드는 그런 존재였다.

"마신께서 정하신 율법에 근거하여 너에게 도전한다, 악마군주 안드라스."

그레모리가 선포했다.

안드라스는 씨익 웃으며 말했다.

"뭘 그렇게 서두르시나? 우리의 계약자들은 서로 초면인데 인사라도 나누게 해야지?"

그 말에 그의 곁에 있던 건장한 체구의 서양인 사내 역시 고개를 끄덕여 보였다. 바로 그리고리 라스푸틴이었다.

"쓸데없이 말 섞어봐야 무슨 이득이 된다고 그러지?"

"그대의 계약자는 이미 안드로말리우스의 계약자 오운이나 벨리알의 계약자 조아생 뮈라 등과 교류를 맺고 있지 않나. 내 계약자와도 그런 사이가 될 수 있을 거라고 생각하는데."

"흉조와 불화의 안드라스, 누가 너와 교류를 맺고 싶어 할까? 네 능력을 잘 알고 있는 내게 쓸데없는 수작은 부리지 마라."

그레모리가 단호하게 말했다.

안드라스는 유감스럽다는 듯이 어깨를 으쓱했다.

"섭섭하군. 내가 꼭 수작만 부리는 것 같잖나."

"긴말은 필요 없다."

"쯧쯧, 어쩔 수 없지. 전장은 제2 전장 블루레인, 배팅할 마력은 5만으로 하겠다."

최대 배팅 마력이 나오자 그레모리가 흠칫했다.

그녀는 잠시 옆에 함께 있는 이신을 돌아보았고, 이신은 태연히 고개를 끄덕여 보였다.

"배팅을 많이 해주니 고마울 따름입니다."

그 말에 안드라스의 미간이 꿈틀했다. 자신감을 얻은 그레모리가 그를 보며 말했다.

"좋다, 그렇게 하자. 네가 한 제안이니 설마 무르지는 않겠지?"

"흥, 자신감이 넘치시는군. 좋아, 한 번 붙어보자."

안드라스가 먼저 라스푸틴을 데리고 전장으로 사라졌다.

"우리도 가요."

"예."

그레모리는 이신의 손을 잡고 함께 텔레포트를 했다.

[악마군주 그레모리 님과 계약자 이신 님께서 제2 전장 블루레인에 도착하셨습니다.]

전장에 도착했을 때, 문득 라스푸틴이 성큼성큼 이신에게로 걸어왔다.

"인사나 나누세."

그러면서 손을 내미는데, 굳이 잡지 않을 이유가 없었다.

이신은 손을 맞잡았다. 악수를 하면서 라스푸틴이 말했다.

"반갑네. 자네의 명성은 익히 들었지. 꼭 한 번 만나고 싶었어."

이윽고,

[진실.]

상급 악마 엘티마에게서 얻어냈던 거짓 판별 능력이 발동했다.

이신은 그의 말이 진심이라는 점에서 놀라야 했다.

"왜 저를 만나고 싶었던 겁니까?"

"경이롭거든."

"경이롭다?"

"자네에 대한 풍문을 들었네. 악마군주 그레모리 님께서 불패의 명장을 소환해 계약자로 삼으셨다고 하던데."

"……."

"그래서 자네가 존경스러운 걸세. 노력해서 훌륭한 사람이 된 경우는 많지만, 자네처럼 젊디젊은 나이에 그런 명성을 떨치는 것은 거의 불가능한 일이지."

뭔가 큰 오해를 하는 것 같았지만, 이신은 그냥 계속 오해하게 내버려 두기로 했다.

"가끔씩 역사에 자네처럼 신이 내린 천재가 출현하거든. 자네도 그런 경우이지."

아마도 라스푸틴의 머릿속에서 이신은 나폴레옹이나 알렉산 더 같은 전쟁 천재로 여겨지고 있으리라.

하지만 그렇다 쳐도 전혀 주눅 든 기색이 없는 라스푸틴은 역시나 기인이었다.

무서운 적수를 서열전에서 만났는데 진심으로 반가워하고 있고, 살아생전 세상에 재앙을 퍼뜨린 사람치고는 매우 신사적이었다.

'이런 사람은 처음 보는군.'

듣기로 벌써 상급 악마라던데, 자신을 아랫사람처럼 내려다보는 오만함도 보이지 않았다.

오히려 그럴수록 이신은 더욱 라스푸틴에 대해 경계심이 들었다.

"나는 자네가 나폴레옹처럼 서열전의 정점에 설 사람이라고 생각하네. 아, 사람이 아니라 악마인가?"

그러면서 씨익 웃어 보이는 라스푸틴이었다.

"그런 것치고는 마력을 5만씩이나 배팅했던데, 사실은 자신감이 있었나 보지요?"

이신이 불쑥 물었다.

라스푸틴은 씨익 웃어 보였다.

"난 인간으로서의 자네를 경외하는 것일세. 악마로서는 아직 아니지."

그때, 음성이 울려 퍼지기 시작했다.

[악마군주 그레모리 님과 악마군주 안드라스 님의 서열전

입니다. 전쟁의 승패가 서열과 마력에 영향을 줍니다. 마력은 10만이 배팅됩니다.]

[마력 10만이 마력석이 되어 전장에 유포됩니다.]

[종족을 선택해 주십시오.]

"시작됐군, 잘해보세."

"휴먼."

이신은 대답 대신 종족을 골랐다.

쓸데없이 라스푸틴과 친교를 맺고 싶지는 않았다.

살아생전에 사이비 성직자였다고 하니 심리적인 부분에서 능력을 발휘할 터. 그런 자와의 인연은 피하는 게 상책이었다.

라스푸틴은 쓴웃음을 지으며 종족을 골랐다.

"마물."

[서열전이 시작됩니다.]

[악마군주 그레모리 님의 계약자 이신 님과 악마군주 안드라스 님의 계약자 그리고리 라스푸틴 님께서 참전합니다.]

＊　　　　＊　　　　＊

'불화와 흥조의 안드라스라고 했지?'

노예들에게 일을 시키며 이신은 생각했다.

속내를 알 수 없는 라스푸틴.

그리고 역시나 어떤 능력을 발휘할지 알 수 없는 그의 능력.

'그러고 보니 악마로서의 고유 능력은 사도에게 빙의를 해야 발휘할 수 있는 게 아니었던가?'

문득 의문이 들었다.

72악마군주의 계약자들 중 다수가 마물을 고른다고 했다. 그리고 마물 역시 사도로 임명할 수 있다고 들었다. 그렇다면 라스푸틴도 사도로 임명한 마물에게 빙의할 수 있다는 이야기가 된다.

빙의를 못 한다면 마물을 고를 이유가 없어지는 것이었다.

'어쨌든 잘은 모르겠지만 대충 짐작은 간다. 불화든 흉조든 정신적인 부분에서 작용하는 능력일 테지.'

동탁도 그런 능력을 펼쳤다. 비록 다섯 번째로 받아들인 사도 서영의 능력 '평정심'에 의해 막혔지만 말이다.

'어쨌든 모든 게 불확실한 상황이라면, 치즈러시가 좋겠군.'

그런 정신계 능력은 병력의 규모가 클수록 효과도 커진다.

그러니 소규모 병력이 승패를 좌우하는 초반 치즈러시라면 이쪽이 유리하다. 라스푸틴의 정신계 능력보다는 이신의 치유 능력 쪽이 더 큰 힘을 발휘하리라.

게다가 초중반에 더없이 강력한 마물을 상대로 휴먼이 초반 기습 공격으로 승부수를 던진다?

그건 아무도 예상을 못 할 것이다.

'무엇보다도 초반에는 돈이 없지.'

계약자가 악마로서의 고유 능력을 사용하려면 마력의 소모가 필요하다.

다행히 이신의 경우, 치유 능력을 펼칠 때마다 1초에 1마력씩 소모되므로 초반에도 충분히 쓸 수 있었다. 하지만 보통은 고유 능력을 사용할 때 2, 300씩 소요가 된다.

중후반이라면 모를까, 초반에 그런 큰 마력량이 남을 리 없었다.

그런 다양한 측면에서 분석해 본 결과, 이신은 치즈러시가 정답이라고 여겼다.

'콜럼버스, 상대 진영을 확인해라. 잠깐 훑어보고 바로 빠져나와야 한다. 네가 죽으면 곤란해진다.'

"예, 알겠습니다!"

소환된 콜럼버스가 정찰을 떠났다.

치즈러시를 결심한 이신은 아주 과감한 선택을 했다.

병영 하나를 본진에 지어 정찰 온 상대가 볼 수 있게 한다. 그리고 9시 구석진 위치에 병영 또 하나를 몰래 짓는다. 무려 2개의 병영을 먼저 지어서 궁병을 다수 소환해 공격하겠다는 도박 수였다.

때마침 정찰을 떠난 콜럼버스가 희소식을 전해왔다.

'계약자님! 저 자식이 앞마당에 마법진을 짓고 있습니다. 마력석 채집장을 먼저 가져갔어요!'

이신의 휘하에서 수백 수천 번 정찰을 다녀본 콜럼버스였다.

앞마당에서 마물의 생산 담당인 클로가 마법진을 그리고 있는 걸 보고 곧바로 알아차렸다.

마법진이 지어지고 있는 진척도, 서열전 시작 후 흐른 시간 등을 감안해 한눈에 파악한 것이었다.

이 시간대에 마력석 채집장을 구축하고 있다면, 병력을 뽑을 만한 건물을 짓지 않고 있다는 뜻.

'좋아, 본진 들어갈 필요도 없다. 바로 돌아와.'

'옛!'

상황은 이신에게 웃어주고 있었다.

2개의 병영에서 궁병이 소환되기 시작했다. 궁병의 숫자가 5명이 되자 비로소 이신이 명령을 내렸다.

'궁병 5명, 노예 3명은 공격에 나선다. 콜럼버스도 합류한다.'

마침내 이신이 칼을 뽑아 들었다.

병력이 진군하는 동안 이신은 계속 노예와 궁병을 소환하며 운영을 했다. 그리고 병력이 라스푸틴의 앞마당 부근에 이르렀을 때, 콜럼버스에게로 빙의를 했다.

[사도 콜럼버스의 능력 빙의를 사용합니다.]

[계약자 이신 님께서 사도 콜럼버스의 육체에 빙의됩니다.]

"진격."

콜럼버스의 육체에 빙의된 이신이 명령을 내렸다.

궁병 5명과 노예 3명이 일제히 돌입했다.

그런데 라스푸틴의 앞마당에 이르렀을 때였다.

'응?!'

이신은 흠칫했다. 아무것도 없었다.

지금쯤 앞마당에 짓고 있던 마법진이 거의 완성 단계에 있어야 했는데 앞마당에는 어떤 건물도 없이 텅 비어 있는 게 아닌가.

'도중에 취소했다. 어째서?'

이유는 뻔했다. 이신이 공격해 온다는 것을 눈치챈 것이다.

그렇다고 짓고 있던 마법진을 취소시켜 버리다니, 다소 우악스러운 대응책이었다.

'어떻게 알았지?'

상대의 정찰 때문에 전략이 사전에 발각된 것은 아니었다.

발각되었다면 이신이 눈치 못 챘을 리가 없었다.

그리고 짓고 있던 마법진을 도중에 취소해 버리는 것보다 더 깔끔한 대응책을 썼을 터.

'급히 취소한 것이다. 알아차린 지 얼마 되지 않은 거야.'

이신의 두뇌가 팽팽 돌아갔다.

"붙어보긴 했어. 내가 패배했고. 아니, 그냥 뭐 공격 들어갔더니 어마어마한 병력이 떡하니 기다리고 있더라니까."

조아생 뭐라가 했던 말이 언뜻 뇌리를 스쳤다.

라스푸틴의 능력이 무엇인지 좀 더 감이 올 것 같았다.

'그렇다면……'

"철수."

이신은 결단을 내렸다.

초반에 강하게 힘을 준 치즈러시. 그리고 적의 본진으로 들어가는 출입구가 눈앞이었다.

하지만 싸우지 않고 물러서는 쪽을 택한 이신이었다.

"옛? 이대로 그냥요?"

궁병 5명 중 로빈 후드가 물었다.

사도로 임명되지는 못했지만 늘 이신에게 소환되어 혁혁한 전과를 세웠던 로빈 후드였다.

이렇게 빠른 타이밍에 공격 갔다가 전과 없이 후퇴하면 큰 손해라는 것을 경험을 통해 알고 있었다.

"상대도 피해를 입었다. 아직 해볼 만해."

이신은 즉시 데려온 노예 3명부터 본진에 돌려보내 마력 채집에 투입시켰다.

궁병 5명은 콜럼버스와 함께 계속 적의 앞마당에 남아 동태를 살피도록 했다.

라스푸틴이 쉽사리 앞마당으로 나오지 못하게 만들기 위함이었다.

좁은 출입구를 반포위한 진형으로 대기시켜 놨으니 본진에서 나오려면 더 많은 병력을 소환해야 할 것이다.

그렇게 병력에 마력을 쓰게 만드는 것까지 이루어지면, 얼추 손익 비율은 양쪽이 비슷하게 맞아 떨어지는 것이다.

'앞마당 취소하게 했고, 불확실하긴 해도 놈은 자신의 고유 능력도 사용했다. 아마 100에서 200 사이의 마력을 소모했겠지.'

초반에 그만큼 마력을 쓰게 만들었다는 것은 상대 역시 테크 트리가 느려졌다는 뜻.

당장 결판 짓겠다고 준비된 상대의 소굴로 돌입하는 것보다는 승부를 더 길게 보는 편이 좋다고 판단했다.

다행히 상대는 그다지 운영이 유려하지 않았다. 앞마당을 취소해 버리는 다소 거친 판단이 그것을 증명한다.

빙의를 풀고 돌아온 이신은 노예의 숫자를 계속 늘려가며 확장을 준비했다. 마력을 꾸준히 모아 앞마당에 바로 화살탑과 통제실을 동시에 건설했다.

'콜럼버스.'

'예, 계약자님!'

'적 본진에 살짝 들어갔다 나와라. 병력이 있는지 확인해.'

'알겠습니다.'

콜럼버스는 과감하게 라스푸틴의 본진 안으로 들어가 보았다.

마물 종족의 방어 시설 '화염진'이 불덩어리를 뿜었다.

화르르!

"으악!"

온몸에 화상을 입고 비명을 지르는 콜럼버스.

하지만 그 와중에도 콜럼버스는 출입구 쪽에 대기 중인 헬하운드 6마리를 포착했다.

허겁지겁 바깥으로 도망쳐 나온 콜럼버스.

'병력에 돈을 썼군.'

화염진까지 건설했으니 라스푸틴도 지금 매우 가난한 상태였다.

'전원 철수해라.'

이만하면 됐다 싶었다.

괜히 더 궁병들을 적진 앞에 놔뒀다가 잡혀먹혀 버리면 손해였다.

무사히 돌아온 궁병들은 앞마당에 지어진 화살탑에 들어갔다.

그제야 라스푸틴 역시 병력을 끌고 나와 수비하며 앞마당에 다시 마력석 채집장을 건설하기 시작했다.

이신의 빠른 결단이 형세를 좋게 했다. 상대보다 먼저 앞마당을 가져간 것이다.

앞마당의 마력석 채집장을 활성화시키고 테크 트리를 올리면서 이신은 나름대로 계산을 했다.

그때,

[적이 출현했습니다!]

나타난 적은 별것 아니었다. 헬하운드 1마리가 정찰을 온 것뿐이었다.

헬하운드는 이신의 앞마당에 마력석 채집장이 활성화된 것을 확인하고 사라졌다.

'내가 먼저 마력석 채집장을 가져갔다는 것을 확인했군.'

이제부터 나타날 라스푸틴의 판단이 이신은 궁금했다.

이신은 정밀하게 계산을 하고 있었다.

분명히 라스푸틴의 본진에는 마법진이 2개 있다. 앞마당에도 또 하나 생겼다. 마음만 먹으면 그 3군데에서 헬하운드를 쏟아낼 수 있다.

마력량에서 불리해졌지만, 당장 낼 수 있는 병력 격차는 저쪽이 유리하다.

공격적인 이신이었다면 이때 결코 상대를 가만 놔두지 않을 것이다. 상대가 그대로 유리함을 가져가도록 좌시하지 않았을 터다.

하지만 라스푸틴은 어떨까?

'라스푸틴의 능력이 내 추측대로라면, 그리고 그 능력에 다소 의존하는 스타일이라면……'

이신은 만에 하나를 대비해 계속 테크 트리를 올리며 방어 태세를 갖췄다.

공병이 투석기 제작을 완료하자 다소 한숨 돌렸다.

콜럼버스는 계속 적진 앞을 얼쩡거리며 상황을 주시했다.

적이 다수의 헬하운드로 총공세를 시도한다면, 그걸 포착하고 곧바로 방어를 더 강화할 생각이었다.

'그렇다면 넌 나한테 안 돼.'

치즈러시가 막혔을 때는 예상 못 한 사태에 잠시 동요했지만 이내 프로게이머로서의 계산과 직감이 발휘된 이신이었다.

*   *   *

"간신히 한 고비 넘겼군."

라스푸틴은 안도했다.

그리고리 라스푸틴.

살아생전에 제정 러시아의 몰락에 크게 일조한 그가 가진 가장 큰 무기는 바로 사람 보는 눈!

사이비 종파를 내세워 추종자를 모았던 인물답게 라스푸틴은 사람의 심리를 잘 파악한다.

그가 본 이신은 첫 인상부터 심상치 않았다.

적개심 없이 냉철하게 상대를 뜯어보려는 분석적인 태도.

그런 유형의 인간이 가장 무서웠다.

진심으로 상대를 먹잇감으로 여기는 사냥꾼의 눈빛이었다. 그것도 그런 사냥을 수없이 성공시켜 본 베테랑 사냥꾼 말이다.

'그리고 저런 성격의 소유자는 대개 매우 공격적이지.'

피차 서로에 대한 정보가 없기 때문에, 일찍부터 허를 찌르고 물어뜯으려 들지도 모른다는 경각심을 느꼈던 라스푸틴이었다.

그렇기 때문에 일찌감치 자신의 고유 능력을 펼쳤다.

"까악! 까아악!"

상급 악마가 되면서 새롭게 발전된 그의 능력은 바로 흉조.

더 정확히는,

"까아악! 서쪽 하늘에서 불길한 몇 쌍의 날갯짓이 들려올 것이다! 까아악!"

흉조를 지저귀는 까마귀.

마력으로 빚어내어 만든 이 까마귀가 공격당할 것을 미리 예고한 것이다.

'날갯짓이라면 그리핀. 몇 쌍이라면 다수가 아니군.'

흉조를 해석한 라스푸틴이 즉각 움직였다.

그리핀을 상대하기 좋은 독포자꽃을 소환하기 시작한 것이었다.

본진 2개와 앞마당 1개의 마법진에서 9마리의 독포자꽃이 소환되었다.

소환되자마자 즉각 서쪽 절벽 부근에 배치했다. 까마귀가 알려준 흉조와 라스푸틴의 추측이 맞아떨어졌다.

서쪽에서 절벽을 넘어 나타난 그리핀 2마리가 나타나자마자 독포자꽃들의 독포자 세례에 얻어맞았다.

즉각 U턴을 해버린 그리핀들이었지만, 그중 1마리가 죽어 추락해 버렸다.

"으악!"

"아아악!"

당연히 그리핀에 타고 있던 석궁병 2명도 덩달아 추락사했다. 그러나 라스푸틴은 이 정도의 조그마한 성과에 만족감을 느끼지 않았다.

'고작 그리핀 2마리에 석궁병 4명으로 이루어진 특공대다.'

큰 성과를 바라고서 투입시킨 게 아니었다.

'내 능력을 확인하려고 보냈군.'

라스푸틴도 눈치가 보통이 아니었다.

이신이 자신의 능력에 대해 어느 정도 감지했음을 알아차렸다.

'공격을 미리 알 수 있는 내 능력을 이걸로 확인했구나.'

심지어 살아 도망간 그리핀 1마리가 앞마당 쪽에 또 나타났다가 사라져 버렸다. 정찰이었다.

'독포자꽃의 숫자를 확인하러 왔겠군.'

라스푸틴의 독포자꽃은 급히 소환한 9마리가 전부였다.

이신이 그것을 확인해 버렸다.

'더 많은 걸 알아가 버렸군. 역시 똑똑한 자야.'

까마귀는 공격당할 것을 미리 예고해 준다. 하지만 만능은 아니다.

정확하게는, 상대가 공격을 시도하러 병력을 출발시켰을 때 예고해 준다.

때문에 라스푸틴은 이신이 본진에서 그리핀 2마리를 출발시킨 뒤에야 독포자꽃을 급히 소환했으니 그 숫자는 9마리일 수밖에 없었다.

이신이 그것을 확인했다.

독포자꽃이 9마리밖에 없다는 것을 보고서 그 모든 사실을 알아차린 것이다.

'계산에 매우 밝구나. 이 서열전에서는 산술에 밝을수록 무섭지.'

그리고 그것을 알아차린 라스푸틴의 통찰력 또한 보통이 아니었다.

'내가 독포자꽃을 소환한 걸 봤으니 놈도 더는 그리핀을 소환하지 않고 지상군에 집중하겠지. 그럼 나는 이대로 독포자꽃을 모으고 일부를 엔트로 변태시켜 지상군을 강화시켜야겠군.'

사소한 한 번의 교전과 정찰.

그 미약한 충돌만으로도 두 사람은 치열한 심리전을 펼치고 있었다.

흉조를 알리는 까마귀는 만능이 아니었다.

적이 공격에 나선 뒤에야 그 사실을 알려준다는 단점도 있다.

무엇보다 한 번 만드는 데 100마력이 소모되며, 유지하는 데는 2초에 1마력씩 소모된다.

1분에 30마력, 10분이면 300마력.

조금만 시간이 지나도 마력 채집량이 많아지므로 별것 아닌 지출이었다.

하지만 한 푼이 아쉽고 소중한 초반에는 큰 리스크였다.

라스푸틴의 기민한 눈치와 결단이 아니었다면 결코 초반에 무리해서 이 고유 능력을 사용하지 않았을 터였다.

즉, 까마귀의 능력도 활용하는 당사자의 실력에 따라 유용하게도 쓸모없게도 변하는 것이었다.

상대가 비밀리에 엄청난 병력을 모았다가 공격을 시도한다면?

뒤늦게 흉조를 들어봐야 이미 때는 늦다.

즉, 까마귀를 활용해서 그동안 활약해 왔던 것은 기본적으로 라스푸틴의 능력이 뛰어났기 때문이었다.

하지만 라스푸틴은 알지 못했다. 상대가 자신보다 더 높은 곳에서 나는 실력자라는 것을.

＊　　　　＊　　　　＊

'공격을 예견하는 능력은 계속 지속되는 모양이군.'

그리핀 2마리를 보내본 이신은 여러 가지 사실을 유추했다.

'알게 되는 시점은 내가 공격을 보냈을 때다.'

마룡 소환으로 테크 트리를 진행하던 라스푸틴이 급히 독포자꽃으로 선회한 것만 봐도 알 수 있었다.

독포자꽃은 비록 개체 하나하나는 체력이 약하지만 값이 싸서 대량 소환이 가능했다.

게다가 집단이 모여 독포자를 넓게 퍼뜨리면 비행 속도가 빠른 그리핀도 피하기 어려웠다.

'내가 어떤 병과를 공격 보냈는지도 알 수 있나 보군.'

열기구였으면 그냥 테크 트리를 타던 대로 마룡을 소환했어도 충분했다.

하지만 그리핀을 상대로 마룡은 좋지도 나쁘지도 않은 무난한 선택일 뿐이었다.

종합해 보면, 라스푸틴의 고유 능력은 상대가 어떤 유닛으로 어딜 공격하는지, 공격을 보낸 시점에서 미리 아는 능력이었다.

'꽤 쓸 만한 능력이지만 독이 되기가 더 쉬운 능력이다.'

이신은 라스푸틴의 능력을 비웃었다.

언뜻 보면 대단한 능력처럼 보인다. 상대가 허를 찌르는 기습 공격을 감행해도 미리 알 수 있으니까.

하지만 이신 같은 최고 수준의 실력자에게는 그다지 효용이 없었다.

그런 건 능력을 쓰지 않아도 철저한 정찰과 시야 장악으로 알 수 있어야 한다.

이신이 갖추고 있는 그런 기본기를 라스푸틴은 능력에 의존하고 있었던 것.

'도리어 그게 실력을 향상시키지 못한 원인이 되었다.'

악마군주 안드라스는 서열이 오랫동안 큰 변동 없이 일정했다고 했다.

라스푸틴은 기본적으로 상대의 심리를 잘 파고드는 똑똑한 인물이었지만, 자기 능력에 의존하는 바가 커서 한계가 있었던 것.

'안다고 다 막을 수 없다는 걸 보여주지.'

이신은 오랜만에 옛날 전성기 시절의 스타일을 꺼내 들기로 했다.

멀티태스킹과 피지컬로 압살해 버리는 운영!

초스피드의 템포로 상대가 쫓아가지 못해 무너지게 되는 그런 싸움을 시작하려 하고 있었다.

그리고……

"까아아악! 서쪽 하늘에서 불길한 한 쌍의 날갯짓이 들린다!"

"까아악! 동쪽 하늘에서 적이 내려올 것이다! 까악!"

"까악! 큰 파도가 남쪽에서 똑바로 올라온다! 까아악!"

"앞뜰에 떨어질 한 가지 불운을 걱정하라! 까아악!"

목이 쉬도록 쉴 새 없이 떠들어대는 까마귀의 행동에 라스푸틴은 당황하다 못해 황당해졌다.

'이, 이게 무슨?'

까마귀가 갑자기 미쳐 발광하는 게 아니라면, 이건 명백한 상대의 공격을 예견하는 흉조였던 것이다.

그런데 너무 많았다. 정신이 없었지만 라스푸틴은 서둘러 까마귀의 흉조를 해석해야 했다.

"까아아악! 서쪽 하늘에서 불길한 한 쌍의 날갯짓이 들린다!"

그리핀 1마리.

기껏해야 석궁병 2명이 타고 있을 테니 천천히 정리해도 된다.

"까아악! 동쪽 하늘에서 적이 내려올 것이다! 까악!"

이것은 열기구로 병력을 실어 나를 의도였다.

"까악! 큰 파도가 남쪽에서 똑바로 올라온다! 까아악!"

큰 파도라면 다수의 지상군 병력을 뜻했다.

남쪽에서 똑바로 올라온다면 12시에 있는 마력석 채집장을 노린다는 뜻.

"앞뜰에 떨어질 한 가지 불운을 걱정하라! 까아악!"

떨어진다는 불운은 대개 투석기가 쏘는 바위를 뜻했다.

앞뜰은 앞마당.

열기구 1대가 언덕 위에 투석기를 내려서 앞마당을 타격할 모양이었다.

'정말 까다롭게 만드는군!'

라스푸틴은 침착하게 대응했다.

일단은 일단 서쪽에서 오는 그리핀 1마리 따위는 그냥 놔두기로 했다. 석궁병 2명이 화살을 쏘며 주의를 분산시키는 뻔한 술수였다.

12시로 진군하는 지상군 병력도 크게 걱정할 필요가 없었다.

'병력 규모에는 한계가 있을 테니까.'

사방에서 기습을 시도하고 있었다.

그 와중에 정면으로도 진격해서 12시를 칠 병력상의 여유가 있다고? 그럴 리가 없었다.

문제는 동쪽에서 오는 열기구의 병력 수송과 언덕 위에 배치할 투석기의 포격이었다.

자칫 큰 손해를 입을 수 있으므로 반드시 막아야 했다.

'그 두 가지만 잘 막고 12시로 진군하는 군대를 상대해도 늦지 않는다.'

그렇게 가닥을 잡고서 라스푸틴은 침착하게 디펜스를 완료했다.

예상대로 동쪽 하늘에서 열기구 2대가 나타났다.

열기구들은 그쪽에 독포자꽃들이 잔뜩 배치된 것을 보고 즉각 물러섰다.

앞마당을 타격하기 위해 언덕 위에서 투석기를 조립하던 공병도 독포자 세례를 맞아 허무하게 죽어버렸다.

다수의 지상군이 진격하던 12시에도 엔트 2마리를 배치해서 시간을 벌게 했다.

마물은 병력 하나하나의 이동속도가 빠르기 때문에 언제든 달려가 적을 걷어낼 수 있었다.

그런데 문제는 서쪽 하늘에서 나타난 그리핀 1마리였다.

"이때다! 가자!"

이존효가 버럭 소리쳤다.

그리핀에서 내린 장창병 2명이 클로들을 공격했다.

그랬다.

석궁병이 아니라 장창병이었다.

과감하게 돌입한 장창병 2명이 마력석을 채취하던 클로들을 무더기로 공격했다.

장창을 내질러 클로 2, 3마리를 꼬치처럼 꿰어버리는 장창병들. 심지어 그리핀도 싸움에 합류해 클로들을 덮쳤다.

'아차!'

라스푸틴은 심장이 철렁하는 것을 느꼈다.

석궁병이 아닌 장창병이라면 얘기가 달랐다.

근접 공격력이 강력한 장창병은 클로들을 두세 마리씩 공격하기 때문에 절대로 가만 놔둬서는 안 되었다.

독포자꽃 일부를 돌려서 급히 장창병들을 물리치게 했다.

"하하하! 어디 잡아봐라!"

장창병 하나를 잡았으나, 얄밉게도 이존효는 그리핀을 타고 내빼버렸다. 클로를 6마리나 사살한 뒤였다.

"앞뜰에 내려올 적을 걱정해야 할 것이다! 까아악!"

"앞뜰에 떨어질 불운을 걱정해야 한다!"

까마귀가 시끄럽게 우짖었다. 동쪽 하늘에 출현했다가 내빼버린 열기구 2대가 앞마당에 다시 나타난 것이었다. 심지어 열기구에 타고 있던 공병이 언덕 위에 내려서 앞서 죽은 공병이 조립하다 만 투석기를 이어서 완성시키고 있었다.

라스푸틴은 진땀을 흘렸다.

상대가 계속 정신없게 만들고 있었다. 다행히 지금까지의 방어는 나쁘지 않았다.

그리핀 1마리에서 내린 장창병 2명에게 허를 찔렸지만, 거기에 당한 클로 6마리는 그리 심각한 타격이 아니었다.

12시는 방어가 잘되고 있었다.

12시 마력석 채집장으로 들어서는 좁은 출입구를 엔트 2마리가 잘 틀어막고 있어서 적 군대가 진입을 못 하고 있었다.

'독침충들은 앞마당을 막아라!'

'일부는 본진을 지켜서 그리핀을 활용한 교란 작전에 대비해라.'

라스푸틴의 침착한 대응.

앞마당에 병력을 내리려던 열기구 2대가 다시금 도망쳐 버렸다.

그런데…….

"까아아악! 큰 파도가 네 앞뜰을 덮칠 것이다!"

"까아악! 까악! 북쪽에서 적이 내려오겠구나!"

또다시 소리를 지르는 까마귀.

그런데 뒤바뀌었다.

12시를 치던 지상군 병력이 앞마당에 오고, 열기구 2척이 12시로 가고 있었다. 엔트가 출입구를 틀어막으니 열기구로 드롭을 시도하는 방법을 택한 것이었다.

'안 돼!'

라스푸틴은 황급히 발 빠른 헬하운드 한 무리를 12시로 보냈다.

12시로부터 오는 적 지상군과 마주치면 안 되므로, 반시계방향으로 우회해서 이동하게 했다.

하지만,

"나타났다, 돌격!"

"하하! 딱 나타났구나!"

우회하던 헬하운드 무리 앞에 나타난 기사 4기. 기사단을 이끌고 있는 사람은 바로 사도 질 드 레!

일렬로 선 기사 4명이 그대로 돌격을 감행했다. 단박에 돌격 선상에 있는 헬하운드 무리의 3할 가량을 짓밟아 살육해 버렸다.

말을 타고 달리며 발 빠른 헬하운드들을 남김없이 추격해 분쇄한 질 드 레는 함께 있는 서영에게 지시를 내렸다.

"서영, 너는 계속 소수의 기사들을 끌고 다니며 12시로 지원 가는 적을 차단해라."

"알겠습니다!"

"나는 본대와 합류하겠다."

이신 진영의 현장사령관 질 드 레가 앞마당으로 진격하는 지상군과 합류했다.

이윽고 질 드 레의 탁월한 지휘하에 석궁병·방패병·장창병으로 구성된 병력이 학익진을 펼쳐 앞마당을 봉쇄했다.

라스푸틴의 병력이 밖으로 나오지 못하게 틀어 막아버린 것이다. 심지어 뒤편에서 공병 2명이 투석기를 조립하기 시작했다.

투석기 조립이 완료되면 원거리에서 바위를 날려서 앞마당까지 타격하게 된다.

'뭐 이런……!'

라스푸틴은 당황했다.

물 흐르듯이 자연스럽게 궁지에 몰려 버렸다.

고립된 12시가 열기구 2척에서 내린 적의 공습을 받았지만 앞마당이 봉쇄당하는 바람에 구할 수가 없었다.

12시가 공격받고 있었다.

엔트 2마리와 12시에서 새로 소환된 헬하운드들이 맞서 싸우지만 한계가 있었다.

12시를 구하자니, 넓게 포진하고 앞마당을 봉쇄한 적을 돌파해야 했지만 상대는 넓게 포진한 채 라스푸틴이 돌파를 시도하기를 기다리고 있었다.

라스푸틴에게 결단이 강요되고 있다.

'빤히 입 벌리고 기다리는 범의 아가리에 목을 들이밀어야 한다니.'

라스푸틴은 어처구니가 없어서 웃었다.

과연 상대는 걸물이었다. 이토록 상대가 강하다고 느껴본 적은 처음이었다.

'다른 길이 없구나.'

12시의 마력석 채집장을 잃으면 가망이 없어진다. 어차피 저 봉쇄선을 언젠가는 돌파해야만 했다.

이신은 이제 기사를 계속 소환하기 시작했다. 시간을 더 끌어봐야 이후부터는 더 강력한 기사 전력과 싸워야 하는 것.

마력석 채집장을 잃은 상태에서는 더 강력한 병력과 싸워 이길 역량이 되지 않는다.

"하하하! 대단하다, 정말!"

라스푸틴은 너털웃음을 터뜨렸다.

"강하다! 까아악! 아주 강하다! 무섭다! 까아아악!"

서열전 전에 들었던 까마귀의 흉조가 옳았다.

정말 강하고 무서운 상대다.

"돌격!"

헬하운드, 독포자꽃, 엔트로 구성된 대규모 병력이 돌격을 감행했다.

좁은 앞마당 통로에서 밖에 넓게 포진된 적을 향해 시도하는 다소 불리한 형세의 돌격이었다.

만약 돌파만 성공한다면 여러 가지 선택지가 생긴다.

12시를 구원해도 되고, 허술한 상대의 진영을 역습해도 된다.

실낱같은 승률을 손에 쥐고자 라스푸틴이 움직인 것이었다.

전략 레벨에서 라스푸틴은 이신에게 패배했다.

하지만 전술적인 차원에서는 어떨까?

살아 있는 인간의 일은 결코 수학 공식이 아니라서, 전략 차원의 국면이 전술 차원에서 뒤집힌 경우가 얼마든지 있었다.

항우는 팽성대전에서 유방과 다섯 제후의 56만 연합군을 단 3만 군세로 휘몰아쳐 짓밟아 버렸다.

알렉산더는 이소스 전투에서 훨씬 다수였던 페르시아의 군대를 격파했다.

조선 태조 이성계는 홍건적, 흉노족, 원나라 군벌, 고려 내부 반란군, 그리고 임진왜란 수준으로 한반도를 유린한 왜구 등 동아시아에서 싸울 수 있는 모든 적을 박살 냈다.

그렇다면 라스푸틴은 어떨까?

이번 같은 것은 일어나지 않았다.

'투석기와 석궁병들은 독포자꽃만 노려라. 달라붙는 헬하운

드는 방패병과 장창병이 처리한다.'

이신이 명령을 내렸다.

독포자꽃은 모이면 모일수록 무서운 병력이었다.

독포자가 전장을 가득 채워 버리면 모든 병력에게 피해가 발생한다.

때문에 강하지만 느리고 맷집이 센 엔트나 발 빠른 헬하운드보다 독포자꽃부터 집중 공격한 것이다. 실로 날카로운 순간 판단이었다.

독포자꽃들이 바위나 볼트에 맞아 죽어나갔다.

빠르게 앞장서서 치고 나가는 헬하운드와 느린 엔트는 잘 상충되지 않았다.

그 중간을 뒷받침해 줘야 할 독포자꽃 전력을 이신은 놀라운 전술적 판단으로 격파한 것이었다.

'이존효와 창병 6명은 그리핀 1마리로 2명씩 타고 들어가 본진 기습.'

'서영은 기사들을 이끌고 앞마당에 돌입하라.'

'전군 진격 개시.'

계속되는 이신 특유의 질풍 같은 지휘.

그리고 질 드 레, 이존효, 서영 등 그 지시들을 유려하게 실현시키는 사도들이 있었다.

사도 오귀스트 마르몽도 자신의 재능을 뽐냈다.

이신의 명령이 없었지만, 자의적인 판단 하에 투석기 1기를 이존효가 투입된 방면에 배치시켰다.

이존효를 포함한 창병 6명의 특공대가 1마리의 그리핀을 타고 2명씩 본진 드롭을 시도할 때, 언덕 너머에서 투석기가 바위를 쏴서 지원한 것이다.

때문에 이존효의 돌입을 저지하려던 헬하운드들이 날아오는 바위에 지리멸렬했다.

"허허……."

라스푸틴은 어처구니가 없었다.

큰 줄기의 전술에서 세부적인 디테일까지!

다방면에서 천재들이 펼치는 예술적인 전투의 향연이었다.

너무나도 대단해서, 자신의 진영이 무참히 유린당하는 모습조차도 아름답게 보일 정도였다.

이제 패색은 완전히 짙어져 있었다.

더 이상 승기가 없음에도, 라스푸틴은 계속 싸움을 지켜보았다.

승리에 대한 집착이 아니었다.

이신과 사도들의 활약을 좀 더 구경하고 싶었다.

이왕 졌으니 그들의 싸움을 보며 배울 참이었다.

"정말 잘 싸우는구나."

5만 마력이나 배팅된 한판 승부였다.

상대가 강하지만, 라스푸틴은 사실 어느 정도 자신이 있었다.

흉조를 알려주는 까마귀.

이신과 같은 탁월한 전략가형 타입을 이기는 게 어렵지 않았던 것이다.

날카로운 재치를 가진 기습이 있어도, 미리 알면 함정을 파 놓고 기다릴 수 있었다.

그걸 믿었는데… 이렇게 무참히 질 줄은 몰랐다.

'이건 어쩔 수 없는 수준 차이구나.'

라스푸틴은 차라리 다행으로 여겼다. 이신과 다시는 마주칠 일이 없을 테니. 저렇게 대단한 자는 필시 최상위 서열로 올라 갈 테니 말이다.

기껏해야 50위권이 한계인 라스푸틴으로서는 이신과 다시 볼 일이 없길 바랄 뿐이었다.

[악마군주 안드라스 님의 계약자 그리고리 라스푸틴 님께서 패배를 선언하셨습니다. 악마군주 그레모리 님의 승리입니다.]
[악마군주 그레모리 님께서 마력 5만을 획득하셨습니다.]

그렇게 승부가 났다.

이신의 압승이었다.

*   *   *

5만 마력이 배팅된 큰 승부에서 이긴 그레모리는 서열이 두 계단이나 뛰어 58위가 되었다.

그리고 악마군주 안드라스는 5만 마력에 이어, 이신에게 소원으로 2,560마력을 또 헌납하는 수모를 당했다.

이신도 도합 5,560마력을 보유하게 된 셈이었다.

"축하해요. 이제 중급 악마가 머지않았네요."

중급 악마의 조건은 1만 이상의 마력을 보유하는 것. 몇 번만 더 이겨서 마력을 얻어내면 달성할 수 있는 조건이었다.

"사도를 한 사람 더 하급 악마로 만들 수 있겠군요."

"그러네요. 하지만 지금은 그보다 더 중요한 일이 있어요."

"무엇 말입니까?"

이신의 물음에 그레모리는 미소를 지었다.

"우리의 계약 말이에요."

"계약? 아……."

비로소 이신은 아주 중요한 사실을 떠올렸다.

오늘로 서열전 전적 10승 1패.

상급 악마 엘티마, 카사노바, 조아생 뮈라, 사나다 마사유키, 흑태자 에드워드, 이존욱, 장각, 로베스피에르, 동탁, 그리고 라스푸틴까지.

마침내 이신은 10승을 달성한 것이었다. 불과 11차례의 서열전 만에 말이다.

10. 이신은 10승 달성 시 본 계약을 해지할 수 있다. 단, 승리가 패배보다 많아야 한다.

계약의 10항.

이것으로 이신은 선택권이 생겼다. 계약을 해지할 수도, 연장할 수도 있다.

해지한다면 다시는 마계로 부름을 받지 않아도 된다. 이전처럼 인간으로서 평범한 생활을 하게 되는 것이다.

"어느새 이런 날이 왔군요."

이신이 말했다.

"그러게 말이에요. 처음에는 이날이 이토록 빨리 올 줄 몰랐는데 말이에요."

그레모리도 웃음을 지으며 말을 이었다.

"그때는 악마군주의 지위를 유지하는 것조차 어려운 처지였는데, 이제는 이렇게 예전의 성세를 거의 되찾았네요. 그것 아시나요?"

"무엇을 말입니까?"

"72악마군주 중 제 본래 서열은 56위였답니다."

"지금은 58위이니 거의 본래의 위치로 돌아왔군요."

"맞아요. 카이저와 처음 만났을 때 제 마력은 6만이 좀 넘는 정도였는데, 이제는 33만을 넘기게 되었고요. 정말 감사하게 생각하고 있어요."

"저도 그레모리 님 덕분에 소중한 것을 되찾았습니다."

손목을 회복하여 프로게이머로서의 인생을 되찾은 것은 이신에게 무엇과도 바꿀 수 없는 값진 일이었다.

그레모리는 생긋 웃더니 이신의 손을 덥석 잡았다.

이신은 흠칫 놀랐으나 손을 빼지는 않았다.

이상하게 그레모리 앞에서는 소년처럼 쑥스러움을 느끼게 되는 이신이었다.

"전 카이저와 계속 함께하고 싶어요. 우리 사이가 그리 나쁘지는 않았잖아요. 그렇죠?"

"그레모리 님은 제게 아주 잘해주셨습니다. 늘 감사하게 생각하고 있습니다."

"그렇다면 계속 제 계약자로 남아주세요, 카이저. 전 당신을 잃고 싶지 않아요. 이제 카이저가 없는 제 미래는 상상할 수조차 없어요."

"......"

그녀의 간절한 애원 앞에서 이신은 잠시 할 말을 잃었다.

아름다운 그레모리. 세상 그 무엇과도 견줄 수 없는 미모와 따스하게 마음을 녹이는 목소리.

누가 그녀 앞에서 매몰차게 거절을 할 수 있을까?

그러나 곧 이신은 침착하게 마음을 다잡고 입을 열었다.

"언젠가 우리의 계약이 끝날 날을 나름대로 대비해 왔습니다."

"......"

"질 드 레가 그동안 저에게 많은 것을 배웠습니다. 아마 제 뒤를 이어 질 드 레가 계약자가 된다면, 그리고 콜럼버스와 이존효, 마르몽, 서영 등 사도들도 물려받는다면 능히 제 빈 자리를 채울 수 있을 겁니다."

"저를 위해 그런 배려를 해주셨군요. 너무 기뻐요."

감격 어린 그레모리의 눈망울이 이신의 마음을 다시 뒤흔들었다.

이신은 간신히 뛰는 가슴을 진정시키며 말을 이었다.

"···하지만 제 대답은 이미 정해진 지 오래입니다."

"대답을 들려주세요."

"계약을 연장하고 싶습니다. 이 조건 그대로, 다시 10승을 채울 때까지 그레모리 님의 계약자로 있겠습니다."

"정말인가요?"

그레모리의 안색이 확 밝아졌다.

"제게 서열전은 아주 재미있는 게임입니다. 아직 제가 잘 모르는 서열전의 숨겨진 요소들도 있고, 나폴레옹이나 오자서처럼 싸워보지 못한 자들도 있습니다. 아직은 질 드 레에게 양보할 수 없습니다."

그랬다.

이신은 그레모리의 계약자를, 더 정확히는 서열전을 포기하고 싶은 생각이 없었다.

프로게이머로 영원히 살 수는 없었다.

언젠가는 프로리그에서 은퇴해야 하는 날이 올 것이다. 하지만 서열전은 다르다.

서열전은 원한다면 평생 할 수 있는 게임이었다. 게다가 스페이스 크래프트와 비슷하면서도 전혀 다른 실감 넘치는 실시간 전쟁!

컨트롤이 아닌 사람 간의 소통으로서 이루어지는 리얼한 승부의 세계!

게다가 인류사를 장식했던 수많은 인물을 만나 겨루는 것 또한 이신에게 큰 즐거움이 되고 있었다.

어느새 서열전은 이신에게 또 다른 삶의 활력소가 된 것이다.

'게다가 오자서에게 들은 조언도 있었지.'

11전 10승 1패로 엄청난 실력을 보여준 이신.

만약 그런 이신이 그레모리와의 계약에서 해지되어 풀려난다면, 과연 다른 악마군주들이 가만히 있을까?

자코모 카사노바 따위를 계약자로 두는 바람에 최하위로 전락한 암두시아스처럼 실력 있는 계약자가 시급한 악마군주가 한둘이 아니었다.

그런 이들이 이신을 계약자로 만들기 위해 무슨 짓을 할지 몰랐다. 그레모리만큼 잘해주는 악마군주가 없는 것이다.

어차피 아직 서열전에 대한 흥미가 식지 않은 이신이었다. 이왕 서열전을 계속한다면 그레모리를 위해 승리하고 싶었다.

"너무 다행이에요. 카이저를 잃게 될까 봐 얼마나 마음을 졸였는지 몰라요."

"제가 떠난다 해도 뒷일을 대비해 놨으니 그레모리 님께서 곤란하실 일은 없습니다."

"그런 말씀 말아요. 카이저, 당신은 제게 아주 특별한 존재예요."

"…예?"

"곤경에 처했을 때 저를 구해준 남자고, 고비를 만날 때마다 자신감 있게 저를 이끌어주셨죠. 늘 승리를 자신하는 당신의 모습이 얼마나 아름답게 빛나는지 아시나요?"

사근사근 속삭이는 그녀의 목소리가 달콤하게 이신의 가슴을 녹인다.

그레모리가 더 가까이 다가오자 긴장감에 몸이 떨릴 것 같았다.

"계약 연장을 선택해 주셔서 감사해요. 저는 또 카이저가 10승을 달성하면 마음을 졸여야겠네요."

"제 승률이 낮아져 폐를 끼치게 되지 않는 한, 계속할 생각입니다."

"후훗, 고마워요. 이건 선물이에요."

맞잡은 손을 통해서 따스한 기운이 이신에게 전달되었다.

그 따스한 기운은 몸을 파고들어 심장에 뭉쳐져 있는 마력 덩어리에 포함되었다.

이윽고, 머릿속으로 메시지가 나타났다.

[악마군주 그레모리 님의 마력 3,000이 계약자 이신 님에게 전달됩니다.]

[마력 : 8,560]

그레모리는 3,000마력을 이신에게 선물한 것이었다.

그녀가 가진 총 마력량에 비하면 얼마 안 된다고 생각할 수도 있지만, 악마들이 마력을 얼마나 피처럼 아끼는지를 감안한다면 작지 않은 선물을 준 셈이었다.

"감사합니다."

"후후, 제가 더 감사하죠."

둘은 다시 계약서를 작성했는데, 계약서에 명시된 조항은 기존과 동일했다.

그렇게 이신은 당분간 그레모리의 계약자라는 신분을 계속 유지하기로 했다.

'마력도 많이 생겼으니 사도를 한 명 더 늘려야겠군.'

오귀스트 마르몽과 서영은 새롭게 사도가 된 지 얼마 안 됐기 때문에 일단 유보.

이신은 가장 처음 사도가 되어서 지금까지 누구보다도 공적이 큰 콜럼버스를 하급 악마로 만들기로 했다.

"소환, 콜럼버스."

그러자 콜럼버스가 이신의 앞에 나타났다.

"부, 부르셨습니까, 계약자님."

눈치가 빠른 콜럼버스였다. 아직 용건도 안 꺼냈는데 벌써 눈빛이 기대에 차 있었다.

'저렇게 눈치가 빠르니 앞으로도 정찰은 잘하겠군.'

좋게 생각하기로 한 이신이었다. 어차피 필요에 의해 맺어진 관계였으니 말이다.

"널 내 권속으로 만들겠다."

"헉! 충성을 다하겠습니다, 계약자님! 아니, 주군!"

콜럼버스는 납작 엎드려 감읍을 표했다.

권속의 계약은 이번에도 그레모리가 도와주었다.

계약서에 서로 피를 묻혀 서명한 것이다.

[권속의 계약이 성립되었습니다. 지금 이 순간부터 계약이 효력을 발휘합니다.]

[계약에 따라, 사도 콜럼버스가 계약자 이신 님의 권속이 됩니다.]

[계약에 따라, 계약자 이신 님의 마력 1,000이 사도 콜럼버스에게 전달됩니다.]

[사도 콜럼버스가 하급 악마가 되었습니다.]

"사도 명단."

이신은 콜럼버스에게 어떤 변화가 생겼는지 확인해 보았다.

크리스토퍼 콜럼버스(휴먼, 노예)

무기 : 없음

방어구 : 가죽 부츠(이동 속도 +5%)

능력 : 빙의, 블링크(10미터 범위 내에서 순간이동을 합니다. 300초에 1회씩 사용 가능합니다.)

'뭐?'

이신은 깜짝 놀랐다.

하급 악마가 된 콜럼버스에게 새로운 능력이 또 하나 생겨난 것이었다.

기존에 가지고 있던 빙의가 다르게 진화할 줄 알았는데, 능력이 하나 더 생기다니?

이신은 의외의 결과에 깜짝 놀랐다.

'아마도 평상시에 서열전에서 어떤 역할을 맡았는지가 고유 능력 형성에 작용했겠군.'

콜럼버스의 능력은 빙의였지만, 콜럼버스가 맡은 가장 큰 역할은 역시나 정찰이었다.

적진에 침투해서 염탐하고 도망쳐 나오는 일을 밥 먹듯이 했다.

어찌 보면 블링크 같은 능력이 생긴 것이 이상하지 않았다.

'이런 큰 능력이 나오다니 놀랍군!'

별것 아닌 능력이라고 여길 수도 있었다.

실제로 기껏해야 노예 한 명쯤 블링크로 침투하거나 도망칠 수 있는 게 그리 큰 대수겠는가?

하지만 상대가 출입구를 틀어막고 있어도 블링크로 뚫고 들어가 적진을 확인할 수 있게 된다.

그것은 이신에게 있어 매우 유용한 능력이었다.

차라리 공격을 미리 예견하는 라스푸틴의 고유 능력보다도 좋은 게 아닌가 여겨질 정도였다.

"콜럼버스, 네게 능력이 하나 더 생겼는데 자각이 되나?"

이신이 물었다.

"아뇨. 전혀 모르겠습니다, 주군."

콜럼버스는 어안이 벙벙해서 고개를 저었다.

이신은 새로 생긴 능력 블링크에 대해 짤막하게 설명해 주었다.

"오, 맙소사! 제게 그런 엄청난 능력이 생긴 겁니까?"

"그래, 한 번 보여 봐라."

"예, 어디 한 번 해보겠습니다. 어떻게 하는 건지는 잘 모르겠지만 말이죠."

엉거주춤한 콜럼버스는 일단 달리기 시작했다.

"블링크!"

주변을 한 바퀴 돌다가 콜럼버스가 소리쳤다.

그러자.

파앗!

약간 떨어진 곳에서 달리던 콜럼버스가 불쑥 이신의 앞에 나타났다.

"지, 진짜 되네? 보셨습니까, 주군?"

"봤다."

"하하, 젠장! 이런 좋은 능력이 생기다니! 전 타고난 정찰병 같습니다!"

"그런 것 같군."

"주군! 앞으로도 저만 믿으십시오. 제가 정찰 성공률 100%를 보여드리겠습니다."

"콜럼버스."

"예, 주군!"

하급 악마에 특별한 능력까지 얻어 잔뜩 들뜬 콜럼버스.

하지만 이어지는 이신의 한마디에는 찔끔할 수밖에 없었다.

"시끄러."

"옛."

"앞으로도 내 영지에서 정신 사납게 수다 떨지 마라."

"여, 여부가 있겠습니까?"

그렇게 이신의 세 번째 권속이 탄생했다.

제 2 장

미련

콜럼버스의 능력을 시험하기 위해 이신은 며칠 더 마계에 남아 모의전을 치렀다.

처음에 콜럼버스의 새로운 능력 블링크를 모르는 질 드 레는 정찰을 쉽게 허용하고 말았다.

질 드 레의 전략을 읽은 이신은 손쉽게 승리.

하지만 다음 판부터 질 드 레는 콜럼버스의 블링크를 막기 위해 헬하운드를 일찌감치 내보냈다. 콜럼버스가 진영에 당도하기 전에 쫓아내거나 죽일 생각이었다.

헬하운드에게 쫓기다가 블링크를 한 번 써버리면 시간이 더 지날 때까지 다시 사용하지 못하는 것이었다.

헬하운드와 콜럼버스는 전장의 중앙 지역에서 술래잡기를

벌였다.

'제법 하는군.'

질 드 레의 합리적인 대처에 이신은 고개를 끄덕였다.

이 정도는 해줘야 모의전이 할 만하다.

이신이 본격적으로 실력 발휘를 하자, 콜럼버스의 정찰 동선은 점점 예측불허가 되었다. 놀랍게도 이신은 본진을 둘러싸고 있는 절벽 중 두께가 가장 얇은 부분을 찾아냈다.

그러고는 그쪽에서 콜럼버스로 하여금 블링크로 건너뛰게 했다.

블링크의 이동 범위 10미터를 정확하게 활용한 침투였다.

앞마당과 본진 출입구를 2중으로 틀어막아 정찰을 차단한 질 드 레였지만, 허를 찌르는 그 침투에 첩보를 허용할 수밖에 없었다.

그 뒤로도 며칠간 진행된 모의전에서 그렇지 않아도 그리 높은 편이 아니었던 질 드 레의 승률은 점점 낮아졌다.

콜럼버스의 블링크 때문에 들켜서는 안 되는 특별한 전략은 시도할 수가 없어진 것이었다.

과감한 시도를 할 수 없으니, 그만큼 의외성이 없어져 이신의 좋은 먹잇감이 되었다.

"주군께서는 역시 대단하십니다. 콜럼버스를 조기에 처치하지 않으면 이기기가 더욱 힘들어졌습니다."

연패를 한 질 드 레가 질렸다는 듯이 고개를 절레절레 내저으며 말했다.

"역시 쓸 만하군."

"예, 콜럼버스를 권속으로 만들길 정말 잘하신 것 같습니다."

이신은 만족감을 느꼈다.

이신의 영지인 오두막 한 채는 질 드 레와 이존효에 이어 콜럼버스까지 합류하여 조금 시끌벅적해졌다.

콜럼버스는 뭐가 그렇게 호기심이 동했는지 하루가 멀다 하고 그레모리의 궁전 곳곳을 돌아다니며 탐험을 했다. 역시 정찰이 천직인 작자였다.

*   *   *

현실 세계로 돌아오니 늦은 밤이었다.

잠을 자야 할 시간이었지만, 이신은 곧장 PC 앞에 앉아 게임을 시작했다.

마계에서 지내는 동안 잃었던 감을 회복해야 했기 때문이었다.

"상대해 드릴까요?"

차이가 거실로 나와 물었다.

"아니."

이신은 거절했다.

지금 차이랑 붙었다가는 필패였다. 연습에서야 이기든 지든 상관 안 했지만, 갑자기 약해진 이신을 차이가 이상하게 여길 우려가 있었다.

"배는 안 고프시고요?"

"물."

"네, 기다리세요."

잠시 후 차이가 갈색 빛깔이 나는 액체가 가득 담긴 컵을 가져왔다.

보리차려니 하고 한 모금 마셨는데 물의 청량감 대신 진하고 달달한 맛이 났다.

이신은 눈살을 찌푸렸다.

"뭐야?"

"뭐긴요. 선생님 어머님께서 보내주신 배 즙이죠."

차이가 웃으며 해명했다.

"분명히 안 챙겨 먹을 거라고 강제로라도 먹이라고 당부하셨거든요."

이신은 한숨을 쉬고는 억지로 배 즙을 다 비워 버렸다.

그러고는 말했다.

"물."

"네."

그제야 제대로 된 물을 마신 이신이었다.

다시 연습을 재개한 이신.

온라인에서 만난 아마추어와의 게임이었기 때문에 도중에 배 즙과 물을 마시고 차이와 대화를 나눴어도 여전히 이신이 유리했다.

그런데 플레이를 1분쯤 지켜본 차이가 문득 물었다.

"선생님, 몸이 편찮으신가요?"

"아니, 왜?"

"갑자기 컨디션이 안 좋아 보여서요. 선생님 특유의 날 선 느낌이 안 들어요. 낮까지만 해도 안 그랬는데."

"……."

이신은 할 말을 잃었다.

사실 오랜만에 게임을 해서 특유의 칼 타이밍이 살짝 어긋난 측면이 없지 않았다.

고작 1분 남짓 보고서 그걸 알아차린 것이었다. 이는 천재인 차이였기에 가능한 일이었다.

"그냥 좀 일이 있어서 그래. 신경 쓸 필요 없어."

"네. 그럼 안녕히 주무세요."

차이는 자기 방으로 들어갔다.

그러고서 게임을 2판 더 했을 때였다.

이번에는 맞은편 방에서 장양이 졸린 눈으로 슬그머니 기어나왔다. 이신이 키보드를 조작하는 특유의 게임 소리를 듣고 깬 모양이었다.

졸린 눈으로 다가와 이신의 옆에 앉은 장양. 괴물 플레이어를 상대로 승리를 거둔 이신의 게임을 처음부터 끝까지 본 장양은 이신을 빤히 쳐다보았다.

"왜?"

"……."

대답이 없는 장양. 다만 이신과 게임이 끝난 모니터 화면을 번갈아 보더니, 이상하다는 듯이 고개를 갸웃거리는 것이었다.

흥미를 잃은 장양은 잠이 덜 깬 상태 그대로 도로 자기 침실로 돌아갔다.

이신은 혀를 찼다. 생각해 보니 저놈도 천재였다.

'오늘은 밤을 새야겠군.'

최환열까지 이상하게 쳐다보는 것을 모면하려면 어서 감각을 회복해야 했다.

특히 내일은 곧 시작될 프로리그 2라운드를 대비해 다른 팀과 친선 훈련이 있는 날이었다.

이신은 치유 능력까지 써서 피로를 회복시키며 연습에 매달렸다.

수십 판을 치른 덕에, 다행히 새벽 동이 터오를 무렵에는 만족할 만한 정도까지 회복할 수 있었다.

*   *   *

팀 넥스트 연습실.

넓지만 제대로 청소가 되지 않아 지저분한 연습실에 선수들이 모여 앉아 훈련을 했다.

아니, 이게 훈련이었을까?

선수들은 한 판 하고서는 쉰다는 명목으로 모여 앉아 잡담에 여념이 없었고, 코치들도 인터넷서핑을 하느라 훈련 상태에 무관심했다.

감독은 아예 보이지도 않았다. 들리는 소문에 의하면 곧 잘릴 위기라 체념하고 창업을 알아보기에 여념이 없다고 했다. 노력으로 팀을 이끌어 감독 자리를 보전할 의지는 없는 게 틀림없었다.

e스포츠의 어두운 단면 중 하나.

기강이 헤이해진 프로 팀은 그야말로 PC방이나 다름없게 되는 것이었다.

그렇듯 개판이 된 연습실에서 오직 한 사람만이 진지한 눈빛으로 게임에 몰두하고 있었다.

―퍼어엉!

―으아악!

―으악!

철갑충차가 쏜 충격탄에 보병 2명과 건설로봇 1기가 죽었다.

입단 5년 차. 그리고 프로 데뷔 3년 차.

22살의 손지훈은 치열하게 철갑충차를 컨트롤했다.

철갑충차 컨트롤은 까다로웠다.

수송기에 태웠다가 내렸다가를 수없이 반복해야 하고, 안전한 위치를 선정해 내리는 데도 만전을 기울여야 한다.

어디로 튈지 모르고, 퍼질지 불발 날지 모르는 온갖 불확실성을 감당해야 한다.

그 변수를 최대한 줄이는 것이 바로 선수의 역량이었다.

손지훈의 철갑충차 컨트롤은 썩 훌륭했다. 특히 위치 선정이 절묘했다.

광신도 1명을 먼저 내리게 해 기동포탑의 포격을 받아내게 하고, 즉각 철갑충차를 내렸다.

기동포탑들이 다음 포격까지 걸리는 딜레이를 틈타, 철갑충차가 충격탄을 썼다.

충격탄은 기동포탑 1기의 체력을 절반 이상 깎았다.

먼저 내린 광신도가 그 기동포탑에 달라붙었다.

—퍼어어엉!

다른 기동포탑이 광신도를 향해 포격하는 바람에 붙어 있던 기동포탑까지 덩달아 폭발해 버렸다.

전부 손지훈이 의도한 플레이였다.

다시 수송기에 태운 철갑충차는 하나 남은 기동포탑의 코앞에 다시 드롭했다.

—투타타타!

보병 3명이 총을 쏴댔지만, 손지훈은 개의치 않았다. 철갑충차의 체력이 아직 충분했다.

—퍼엉!

—으악!

—으아악!

1발에 보병들을 먼저 처리했다.

—펑!

2발은 기동포탑에게 적중.

체력이 대폭 깎인 기동포탑이 포격모드를 풀고 있었다. 가까이 붙은 철갑충차를 공격하기 위해서였다. 하지만,

─퍼어어엉!

3발에 기동포탑은 박살 나버렸다.

병영에서 새로 생산된 보병들이 달려와 총을 쏠 때, 손지훈
은 체력이 간당간당해진 철갑충차를 수송기에 태우고는 내빼버
렸다.

훌륭한 컨트롤.

그러나 손지훈의 얼굴에 만족감은 없었다.

─재능이요?

문득 떠오르는 누군가의 목소리.

기억속의 그 목소리는 마이크를 타고 경기장에 울리고 있었
다.

─잘 모르겠습니다.

e스포츠를 아는 사람이라면 모를 수가 없는 남자의 목소리
였다.

─제 눈에는 다 그게 그거 같아서 잘 모르겠습니다.

손지훈은 쓴웃음을 지었다.

경기를 앞둔 인터뷰에서 자신에 대해 내린 이신의 평이었다.

―저를 꺾을 수 있을 만한 재능이냐고 묻는다면, 없습니다.

그때는 몰랐다.

난데없이 들은 직설적인 평에 당황했을 뿐이었다.

'그때가 내 인생에서 가장 빛나던 때였을 줄이야.'

2018년 후반기 개인리그 결승전.

당시 19살이었던 손지훈은 이신과 치열한 접전을 펼쳤고, 3 대 2까지 간 아슬아슬한 스코어 끝에 패배했다.

명승부라 칭송을 받았고, 전문가의 평은 한 끗 차이!

좀 더 프로리그에서 경험이 쌓여 연륜이 생기면 누구도 해내지 못했던 일을 할 수 있을지도 모른다고 입을 모아 칭송했다.

다전제에서 이신을 꺾는 것!

세계 e스포츠의 최대 난제라는 그것을 해낼 몇 안 되는 선수라고 호평받았다.

손지훈은 그 정도로 스포트라이트를 받았었다.

하지만 그 이후로 손지훈은 개인리그 본선과 인연이 없었다. 다시는 그 무대에 서지 못했다.

'다시 한 번 느껴보고 싶어.'

손지훈은 간절히 갈구했다.

잠깐 반짝했던 인기와 명성 따위가 아니었다.

3 대 2.

다섯 세트 내내 솜털이 곤두설 정도로 짜릿짜릿했던 승부를 갈구했다.

그때 이신은 말이 아닌 플레이로 손지훈에게 질문해 왔다.

'네가 그렇게 천재야?'

날카롭게.

더 날카롭게.

호기심 많은 어린아이의 잔인한 장난처럼, 점점 강하게 찔러 들어왔다.

그때는 정말인지 아득했다.

이신의 맹렬한 공세를 맞이한 느낌은 한마디로 벼랑 끝!

나뭇가지에 간신히 매달려 있는데 손아귀에 힘이 점점 떨어져가는 아득함이었다.

하지만 끝내 버티고 이겼을 때는 이루 말할 수 없이 짜릿했다.

에베레스트 정상에 선 느낌!

결국 5세트를 내주고 말아서 준우승에 그쳤지만, 아쉬움이나 분함은 없었다.

모든 걸 쏟아 부어 하얀 재가 되었고, 게임의 극치를 본 카타르시스에 흠뻑 빠졌으니까.

'다시 느낄 수 있을까?'

그 당시에 얻었던 손지훈의 별명은 인간계 천재, 혹은 인간계 우승자.

이후로도 결승전에서 이신에게 패한 선수에게는 그 같은 별명이 붙게 되었다.

하지만 손지훈은 그때 얻었던 명성과 인기를 다시 바라지는 않았다.

이미 너무 멀리 왔고, 너무 깊은 곳까지 추락했다. 다만 그때의 희열을 다시 느껴보고 싶었다.

'그러면 더 이상 미련 갖지 않고 은퇴할 테니까.'

게임을 마친 손지훈은 욱신거리는 오른손 검지에 손가락 보호대를 끼우고 휴식을 취했다.

'곧 이 쓰레기장에서 나가줄 테니까. 그러니까 제발……'

병신들로 가득 차 있는 이 연습실에 더 이상 붙어 있을 수가 없었다. 계약 때문에 이를 악물고 버텼지만, 그것도 이제 곧 끝난다.

더러운 꼴을 워낙 많이 당한 탓에 선수 생활에 미련은 없었다.

한 가지 미련만 떨치면 기분 좋게 은퇴하고 새 출발을 할 수 있을 것 같았다.

마침 좋은 기회가 찾아왔다. 올도어SCC와의 친선 훈련이 오늘 오후부터였다.

흔히 있는 프로 팀 간의 훈련이지만 손지훈에게만은 특별한 기회였다.

팀 넥스트의 연습실에 손님들이 우르르 찾아왔다.

"와, 이신이다……"

"신이 우리 연습실에 왔다."

"진짜 잘생겼네."

"아까 봤냐? 롤스로이스 간지 끝장이더라."

손님은 바로 올도어SCC의 1군 선수들이었다. 양 팀의 1군끼리 오늘 하루 연습을 하게 된 것이었다.

모두의 동경과 선망이 집중되는 대상은 단연 이신.

감독 겸 선수라는 사상 초유의 직함을 갖고 있는 이신은 팬들은 물론 같은 프로 선수들에게도 신과 같은 존재였다.

"반갑습니다."

"예, 잘해보죠."

이신과 팀 넥스트의 수석코치가 악수했다.

"모두 빈자리에 앉아서 연습 시작해. 같은 팀원끼리는 하지 않는다."

"옛!"

훈련은 패스워드가 걸린 비공개 채널에 접속하여서 대전을 하기로 했다.

올도어SCC의 선수들이 제각기 자리를 잡고서 자신의 장비를 세팅하기 시작했다.

그런 올도어SCC 선수들을 보며, 팀 넥스트의 선수들은 묘한 긴장감을 느꼈다.

역시 국내 최강을 노리는 팀이라 그런 건지, 선수들 하나하나에게서 느껴지는 분위기가 남달랐다.

세련된 유니폼 때문인지도 모르겠으나, 한 사람 한 사람의 표정에 장난기 하나 없이 진지한 것이 인상적이었다.

늘 해이해진 분위기 속에서 훈련인지 노는 건지 분간 안 가는 하루하루를 보내는 팀 넥스트와 전혀 달랐다.

"쟤들 다 잘하겠지?"

"장난하냐? 만만한 사람이 하나도 없다."

"그나마 해볼 만한 사람이 플레잉코치인 진수 형 정도다."

"우리 망신당하면 큰일인데."

팀 넥스트 선수들은 나지막하게 수군거리며 동요했다.

훈련이 시작되기도 전에 이미 기세에서 지고 있었다. 하지만 그럴 수밖에 없었다.

1라운드를 무패 행진으로 시작한 압도적인 포스의 올도어 SCC!

그에 반해 팀 넥스트는 작년에 최하위로 강등이 확정됐었던 처지였다.

2부 리그로 강등되면 스폰서를 잃고 거의 팀 해체가 확정될 분위기였는데 다행히 한국 SC 프로리그가 10팀 체제로 바뀌면서 특별히 2부 리그 강등이 면제되었다.

하지만 한 번 팀이 와해될 위기를 겪은 팀 넥스트는 심기일전하여 독하게 열정을 불사르기는커녕 여전히 기강이 엉망이었다.

천운으로 다시 한 번 얻은 기회를 잘 살려보자는 의욕보다는, 어차피 망할 팀이라는 자포자기의 분위기가 더 강해진 것.

'우리는 희망이 없다.'

'올해는 우리가 강등 확정이겠지.'

'연봉 지급도 제대로 안 되고 있고 대우도 형편없는데 열심히 해서 뭐해?'

'어차피 오래 못 할 프로게이머 생활이었어. 빨리 때려치우고 개인방송 BJ든 뭐든 하자.'

그런 심리 상태로 하루하루를 보내니 팀의 성적이 멀쩡할 리가 없었다.

그런 팀 넥스트 선수들이었기 때문에 올도어SCC와의 합동훈련을 오히려 귀찮아했다.

하지만 한 사람은 예외였다.

손지훈이 성큼성큼 올도어SCC 선수들의 자리가 모여 있는 쪽으로 걸어갔다.

그의 발걸음은 이신 앞에서 멈췄다.

"안녕하세요. 오랜만이죠?"

장비를 세팅하던 이신은 손지훈을 올려다보았다.

"그래. 네 얼굴 못 본 지 꽤 됐네. 요즘은 통 출전도 안 했고."

손지훈은 쓴웃음을 지었다. 누가 이신 아니랄까 봐 여전히 직설적이었다.

"출전 기회를 잘 못 잡고 있었어요."

"슬럼프야?"

"비슷하죠."

손지훈은 자신의 오른손을 쥐었다 폈다 하며 말을 이었다.

"손가락 관절염이 심해졌는데 만성이라 잘 낫지도 안더라고요."

"관절염?"

이신이 문득 흥미를 드러냈다.

"부진하는 이유가 그거 때문이야?"

손지훈은 어깨를 으쓱했다.

"그것 때문만 있겠어요? 다 이것저것 복합적이죠. 아무튼 점점 손이 많이 가는 플레이를 기피하게 되더라고요."

"그렇겠네."

원인이 손가락 관절염이라도 어쨌거나 피지컬 하락.

손지훈이 보이고 있는 현상은 피지컬이 떨어진 나이든 선수에게서 흔히 나오는 증상이었다.

아직 한창인 22세의 나이에 벌써부터 그런 현상을 겪게 된 불운한 손지훈이었다.

'그럼 손가락만 나으면 실력이 돌아오는 건가?'

이신은 강한 관심이 들었다.

손지훈은 과거에 이신이 한국에서 본 가장 강력한 적수였다. 승부를 5세트까지 끌고 갔던 그때의 기량을 계속 유지했더라면, 황병철을 제치고 이신의 최대 적수가 될 수도 있었을 것이다.

하지만 개인리그 준우승을 마지막으로 손지훈은 급격히 추락했다.

드문 일은 아니었다. 한 번 반짝하고 몰락한 선수들이 어디 한둘일까?

하지만 그 몰락의 계기가 손가락 관절염이라면…….

'손가락을 내가 낫게 해주면 그게 부활의 계기가 될 수 있을까?'

손가락 또한 프로게이머가 가장 많이 소모하는 신체 부위 중 하나였다.

키보드를 누르는 손가락의 느낌은 컨디션에 크게 좌우된다.

그걸 20분, 30분 내내 누른다고 생각하면 손가락보다 더 중요한 부위가 없을 지경이었다. 20분, 30분 내내 관절에서 통증이 느껴진다면 누구라도 미쳐 버릴 것이다.

"다 지난 옛날 얘기하러 온 건 아니고요, 저랑 게임이나 하실래요?"

"좋지."

"5판 3선으로 제대로요."

"알았어."

이신은 쾌히 승낙했다. 거절할 이유가 없지 않은가.

그런데 손지훈은 계속 말했다.

"그런데 그냥 하면 긴장감이 없으니까, 우리 내기 하나 안 하실래요?"

"무슨 내기?"

"좀 센 걸로요."

"말해."

"진 쪽이 은퇴하기, 뭐 이런 건 어때요? 아주 묵직하죠?"

"……"

분위기가 급격히 싸늘해졌다.

주변에 있던 모두가 손지훈을 바라보고 있었다. 이신은 말없이 손지훈을 빤히 쳐다보았다.

손지훈의 얼굴 표정은 담담했다.

"나더러 네 은퇴식 해달라고? 미련 없이 떠나게 한판 붙어 달라?"

"…비슷해요."

"도무지 알 수 없군."

이신이 말했다.

"패배자들의 기분 같은 건 난 몰라. 그래서 묻는 건데, 졌는 데도 속이 후련할 수도 있는 거야? 지면 그냥 기분 엿 같지 않아?"

"……."

"채널 접속해. 몇 판이든 해주지. 실컷 깨졌는데 속이 후련하면, 그땐 정말 은퇴할 때가 된 거지."

"…부탁드립니다."

그렇게 대결은 시작되었다.

1세트, 유혈의 능선.

승부는 4분 안에 끝나 버렸다.

센터 2병영을 시도한 이신의 치즈러시에 손지훈은 무참히 깨졌다.

―Kaiser : 이것도 손가락 아파서 진 거야?

이신의 도발에 손지훈은 이를 악물었다.

2세트, 손지훈은 자신이 갈고 닦은 것을 보여주기로 했다.

바로 철갑충차 컨트롤.

빠르게 테크 트리를 올려서 철갑충차와 수송기를 생산한 손지훈은 빠르게 견제를 갔다. 하지만 기다린 것은 사거리 업그레이드가 된 기계보병.

기동포탑의 포격모드보다 기계보병의 사거리 업그레이드를 먼저 해버린 이신.

일전에 차이가 쌍성전자를 상대로 올킬을 달성했을 때 선보였던 철갑충차 저격 빌드였다.

기계보병의 지대공 미사일에 수송기가 격추되기 직전까지 체력이 간당간당해졌다.

다행히 격추되기 전에 수송기는 도망치는 데 성공했다.

하지만…….

―투타타타타타!

―퍼어엉!

본진으로 복귀하는 경로에 대기하고 있던 보병 4명이 기관총을 난사해 수송기를 터뜨려 버렸다.

수송기는 안에 태웠던 값비싼 철갑충차와 함께 산화되었다.

"아, 잔인하다."

"지훈이 빌드 보자마자 기계보병 사거리 업그레이드하고 보병을 저기다가 배치했다. 완전 설계야."

"진짜 귀신이냐."

소름 끼치게 상대를 꿰뚫는 이신의 플레이는 격이 달랐다.

보편적인 답안을 쓰기보다는, 100명에게 적합한 100가지 답안을 쓰는 이신이었다.

삽시간에 2 대 0 펀치에 몰린 손지훈.

'빌어먹을!'

손지훈은 분함을 느꼈다.

자신이 원했던 건 이런 무참한 완패가 아니었다.

'생각했던 것보다 훨씬 빡세다.'

낭패였다.

애당초 손지훈이 생각했던 다전제의 포석은 따로 있었다.

1, 2세트는 철갑충차 견제. 갈고 닦았던 철갑충차 컨트롤로, 이기든 지든 이신을 흔들어놓아야 했다.

그렇게 이신의 심리가 철갑충차를 막는 쪽으로 집중되어 있을 때, 3세트에서 다른 전략을 펼쳐 승부를 본다는 계산이었다.

하지만 상대는 다전제에서 무패신화를 쓰고 있는 이신이었다.

1세트는 뭘 해보지도 못하고 치즈러시에 당했다.

2세트는 철갑충차가 저격 빌드에 너무 처절하게 막혀 버렸다.

3세트에 임했을 때 손지훈은 선택권이 없어졌다.

그렇게 막힌 상태에서 또 철갑충차를 선보이기가 부담스러

왔다.

그걸 이신도 알기 때문에 다른 전략을 염두에 둘 것이다.

'그래도 준비했던 대로 해봐야지.'

어차피 또 지면 끝이었다.

벼랑 끝에 몰린 손지훈은 준비한 전략을 3세트에서 고스란히 펼치기 시작했다.

*　　　　　*　　　　　*

스노우볼이라는 말이 있다.

경제 용어로는 눈덩이처럼 알아서 주변의 눈을 삼키며 커지는 주식 종목을 뜻한다.

스페이스 크래프트에서도 비슷한 뜻으로 작용한다.

한데 모인 병력이 공 굴리듯이 맵 센터를 다니며 상대를 압박한다.

그러면서 추가 생산된 유닛이 합류하면서 병력의 덩어리는 점점 커져 간다.

그렇게 맵 센터를 휘어잡고 상대를 압박하던 병력 덩어리는 인구수 한계까지 커졌을 때, 대대적인 공세로 상대의 약점을 거세게 찌른다.

그것을 스노우볼 운영이라고 한다.

이 스노우볼 운영은 특히나 신족에게 최적화된 전략이었다.

유닛 하나하나가 강력하고, 병력의 생산―소비 사이클이 인류보다 월등하며, 적절하게 병력의 조합이 갖춰졌을 때는 무적에 가까운 군단이 되는 신족이었다.

2년 전의 손지훈은 이 스노우볼 운영의 대가였다.

2018년 후반기 개인리그 결승은 눈덩이를 굴려서 불리려는 손지훈과 그 눈덩이를 깎아나가는 이신의 싸움이었다.

끝끝내 모루와 망치를 치열하게 휘두른 이신의 승리로 끝났지만, 당시의 손지훈의 포스는 한국 역대 최강의 신족이었다고 해도 과언이 아니었다.

지금은 최영준이 최강의 신족으로서 자리매김했지만 말이다.

3세트, 손지훈의 거신병기가 맵 센터로 나왔다.

맵 센터를 활보하는 압박 플레이로 견제를 나서는 이신의 고속전차를 사전에 차단했다.

알아도 못 막는다고 불렸던 이신의 고속전차 견제 플레이를 디펜스 할 수 있는 가장 모범적인 답안이었다.

거기에 광신도들이 합류했다. 광신도와 거신병기로 이루어진 눈덩이가 이리저리 맵 센터를 굴러다니기 시작했다.

'자, 내가 뭘 하려는 건지 알지?'

손지훈의 손이 바쁘게 움직였다.

큰 병력은 움직이는 것만으로도 손이 많이 간다. 거기에 테크 트리도 올려야 하고, 확장 기지도 가져가야 하고, 병력도 계속 생산해 눈덩이에 편입시켜야 한다.

점점 높아져 가는 피지컬의 부담에도 아랑곳하지 않고 손지훈은 매섭게 집중했다.

서서히 스노우볼을 굴리기 시작하는 손지훈. 스노우볼을 굴리는 손지훈의 솜씨는 제법이었다.

맵 센터를 제대로 쥐고서 이신의 고속전차가 찔러 들어갈 수 있는 틈을 주지 않았다.

2기, 4기씩 내보냈던 고속전차가 계속해서 손지훈에 의해 차단당했다.

안 되는 짓을 미련하게 계속 반복할 이신이 아니었다.

손지훈이 아는 이신이라면 이제 슬슬 다른 칼을 꺼낼 때였는데 2년 전에는 더욱 빠른 고속전차 기동과 지뢰였다.

'2년 전이었으면 항공수송선이었겠지.'

항공수송선으로 고속전차를 태워 본진이나 확장 기지에 드롭시키는 기습 플레이를 펼쳤을 것이다.

손지훈의 덩어리 병력이 장악한 맵 센터를 피해서 말이다.

'하지만 업그레이드가 된 한 방 병력으로 정면으로 치고 나올 수도 있지. 그런 플레이를 곧잘 하는 주디와 차이를 키운 게 이신이니까.'

개성 넘치는 플레이 스타일을 가진 이신이었지만, 정석을 못하는 게 결코 아니었다.

지금의 이신은 2년 전과 어떻게 달라졌을지 사뭇 궁금했다.

그리고 마침내 이신이 움직였다.

나타난 유닛은 바로,

'의무병?!'

손지훈의 얼굴에 강한 의문이 들었다. 의무병 1명 가지고 뭘 어쩌겠다는 뜻일까?

은퇴를 하겠다고 했다. 기념으로 한 번 대결을 해달란다. 그러면 미련 없이 은퇴할 수 있을 것 같다고 말이다.

스노우볼을 굴리기 시작한 손지훈의 덩어리 병력을 보며 이신은 피식 웃었다.

손지훈이 들고 나온 전략의 테마는 그리운 옛날 정도가 적당할 듯했다.

그렇다면 어떻게 요리해 줄까?

옛날처럼 똑같이 해줄 수도 있고, 인류의 정석대로 업그레이드 된 한 방 병력으로 결판 지을 수도 있다. 아니면……

'그래, 해주마.'

이신은 결심했다.

'숨통을 끊어달라고 부탁하는데, 그럼 끊어줘야지.'

다만, 속이 후련해지고 미련도 더 이상 남지 않게 되는 아름다운 결말 따위를 보여줄 생각은 전혀 없었다.

게임이 좋아서 게임에 미친 프로게이머의 은퇴는 그렇게 뿌듯하고 아름다운 결말이 아니다.

더 하고 싶고 더 이기고 싶은데 그럴 수 없는, 자신의 한계를 절감하는 고통이다.

손지훈의 스노우볼 운영에 대하여 이신이 내놓은 카드는 바로 의무병.

단 1명의 의무병이 슬그머니 바깥에 나왔다.

"의무병?"

"지금 설마……."

"저거 섬광탄 쓰려는 거지?"

아니나 다를까.

거신병기 한 무리와 마주치자, 이신은 레이더를 찍었다.

—띠리링—!

투명한 정찰기가 레이더에 의해 모습을 드러냈다. 그 즉시 이신의 손길이 움직였다.

—파아앗!

의무병이 정찰기를 향해 섬광탄을 던졌다.

섬광탄이란, 일시적으로 터지는 빛으로 적의 시야를 제압하는 무기.

스페이스 크래프트에서는 군사학교 건물에서 섬광탄을 개발하면 의무병이 이걸 사용할 수 있다.

이 섬광탄은 어떤 유닛이든 한 번 맞으면 영구히 가시거리가 1칸으로 전락해 버린다.

한 치 앞밖에 못 보는 바보가 되는 것.

일반 전투 유닛은 가시거리가 1칸이 되어도 문제가 없다. 다른 유닛이 밝혀주는 시야도 있으니까.

하지만 정찰기의 가시거리가 1칸으로 전락하면 아주 큰 문제가 생긴다.

그게 뭐냐 하면,

―퍼어엉! 퍼엉!

―으악!

―악!

지뢰에 당해 거신병기 3기가 폭사됐다.

정찰기가 땅속에 매설된 지뢰를 발견하지 못했던 것. 가시거리가 1칸으로 전락한 결과였다.

"……!"

손지훈의 안색이 딱딱하게 굳었다.

이신이 어떤 전략을 들고 나왔는지 알아차렸다. 이신의 진영에서 고속전차들이 쏟아져 나왔다.

닥치는 대로 지뢰를 매설하며 손지훈의 병력이 함부로 맵 센터를 활보하고 다니지 못하게 했다.

손지훈은 급히 병력의 기동을 중단시키고, 새로운 정찰기를 뽑아서 보냈다.

하지만 오래 지나지 않아,

―파아앗!

2명밖에 안 되는 의무병에 의하여 신족의 대병력이 또다시 꼼짝도 못하게 되었다.

정찰기가 장님이 되어버리자 지뢰가 도처에 깔린 맵 센터를 다닐 수가 없었다.

'빌어먹을. 스노우볼을 굴릴 수가 없어!'

센터 장악에 지장이 생기자, 비로소 이신 역시 본색을 드러냈다.

지뢰를 전부 소모한 고속전차 6기가 치고 들어왔다.

신족 병력을 피해 우회하여 12시 확장 기지를 기습.

―으악!

―으아악!

캐논포와 거신병기 몇 기에 의하여 고속전차는 전부 격파되었지만 신도도 4명 죽었다.

어차피 지뢰를 다 썼기 때문에 버리는 고속전차였다.

신도를 몇 명이라도 솎아주기만 해도 이득이었다.

계속해서 지뢰로 맵 장악을 하고 상대 일꾼을 솎아주는 이신의 플레이가 펼쳐졌다.

손지훈은 계속 고통받았다.

맵 센터에 장님이 되어 홀로 서성거리는 정찰기의 숫자가 벌써 4기나 되었다.

'안 돼. 스노우볼은 안 되겠어. 차라리 빨리 아바타를 뽑아서 소환 공격을 하자.'

그러나 이신은 손지훈에게 일절 여유를 주지 않았다.

견제 플레이로 상대를 괴롭히면서 모아놓은 대병력으로 마침내 치고 나온 것이다.

위풍당당한 이신의 지상군 중에는 의무병도 4명이나 섞여 있어서 손지훈으로 하여금 지긋지긋함을 느끼게 했다.

지뢰를 밟아 터지고 견제를 당해 갈팡질팡한 손지훈은 이신의 위풍당당한 진격을 당해낼 수가 없었다.

이제 맵 센터를 잡은 쪽은 이신이었다.

라인을 끌어올린 이신은 확장기지 2개를 추가로 가져갔다. 손지훈은 애간장이 타는 심정으로 아바타가 나오기를 기다렸다.

그런데 본진 안으로 항공수송선 1대가 나타났다.

"……!"

항공수송선은 고속전차 3기와 의무병 2명을 드롭했다.

고속전차가 그의 본진 곳곳에 지뢰를 매설했다.

—띠리링!

—띠리링!

이신은 레이더를 2번 연속으로 찍었다. 정찰기가 보이자 즉각 의무병이 달려들어 섬광탄을 쐈다.

—파앗! 파아앗!

장님이 된 정찰기 2기. 그사이에 지뢰를 다 매설한 고속전차들이 신도들을 공격했다.

병력이 다수 있음에도, 손지훈은 지뢰 탓에 고속전차들을 퇴치할 수가 없었다.

하는 수 없이 신도들을 대피시키고, 광신도를 돌격시켰다.

—으악!

—크아악!

광신도들이 한 명씩 달려들어 지뢰를 온몸으로 치웠다. 그렇게 고생을 한 끝에 간신히 이신의 견제를 막을 수 있었다. 아니, 견제는 끝나지 않았다.

고속전차들과 의무병들을 간신히 처리했을 즈음, 절벽 건너편에서 기동포탑의 포격이 시작되었다. 그리고 항공수송선 1대가 다시 나타나 본진 안에 기동포탑 1기와 고속전차 2기를 드롭했다.

절벽을 기점으로 안팎에서 기동포탑이 포격을 시작했다. 본진 안에 들어온 병력을 걷어내려고 덤벼들자 절벽 밖에서 쏘는 포격에 얻어맞아야 했다.

유리한 국면을 맞이한 뒤에도 이신은 끊임없이 소수의 전력으로 상대를 크게 괴롭게 만드는 전술을 구사하는 것이었다.

전 방위적으로 손지훈을 압박하는 이신. 압살에 가까운 경기 운영에 당하는 와중에도, 손지훈은 악착같이 참으며 마침내 아바타 준비에 성공했다.

생산된 아바타의 마법 에너지가 다 충전되자, 비로소 손지훈이 반격에 나섰다.

'소환 마법 한 방에 역전이 나오지는 않아. 일단은 7시 확장 기지부터 부수자.'

아직 판단력만은 예전의 기량 그대로인 손지훈이었다.

손지훈의 아바타가 희망을 안고 7시를 향해 출발했다.

하지만,

―파앗!

7시로 향하는 루트에 대비하고 있던 의무병이 섬광탄을 던졌다.

아바타는 삽시간에 시야 1칸짜리 장님이 되었다.

'이 개자식!'

손지훈은 머리끝까지 화가 치밀어 올랐다.

저깟 장난 같은 의무병의 섬광탄에 이 지경까지 농락당했다. 자신이 생각했던 이번 판 대결은 이런 것이 아니었다.

'괜찮아. 시야가 1칸이라고 소환 마법을 못 쓰는 건 아니야.'

전술위성에게 무력화탄을 맞은 것보다는 훨씬 낫지 않은가.

아바타가 이신의 7시 확장 기지에 당도했다. 하지만 시야가 1칸인 아바타는 많은 것을 보지 못했다. 기동포탑과 고속전차 등이 7시 확장 기지 외곽에 대기하고 있다는 사실을 말이다.

아바타가 소환 마법을 펼쳤다.

본진에 있던 병력 한 뭉치가 7시 확장 기지에 소환되었다.

소환되자마자,

—퍼퍼퍼퍼퍼퍼펑!!

외곽 지역에 대기하고 있던 기동포탑의 포격에 얻어맞았다.

아바타는 시야가 1칸이 된 까닭에 바깥 상황을 아무것도 못 보고 무작정 병력을 소환한 것이었다.

손지훈의 얼굴이 멍해졌다. 일말의 희망조차 짓밟혀 버린 것이었다.

이기는 건 불가능하나 아직 진 것도 아닌 괴로운 상황이 지속되었다.

이신은 맵 센터를 장악한 병력을 한발 더 전진해 턱밑까지 숨통을 조였다.

기동포탑들이 줄줄이 포격모드로 자리 잡고 있었고, 그 앞은 지뢰밭이 깔렸다.

지뢰밭 위에 서 있는 의무병 몇 명은 손지훈으로 하여금 최후의 항전조차도 시도하지 못하게 했다.

압박 라인을 뚫으려다가 의무병의 섬광탄에 정찰기가 또 병신이 되면, 병력은 고스란히 지뢰밭에서 초라하게 몰살당하고 마는 것이었다.

'미치겠다. 너무 막막해서 숨이 막힐 것 같아.'

이기고 싶은데도 이길 길이 하나도 없는 절망적인 상황.

하지만 이대로 GG치자니 자신의 결말이 너무나도 초라해 견딜 수가 없었다.

*   *   *

"거의 압살이지?"

"관광당한 수준이지. 확장 기지 숫자 차이 봐라."

"그러게 저 형은 왜 또 헛소리를 하면서 이신한테 개기냐."

"자기 주제도 모르고. 아, 쪽팔려. 우리 팀 망신이야 이게다."

손지훈을 바라보는 팀 넥스트 선수들의 반응이 좋지 않았다.

손지훈.

연습생으로 들어왔을 때부터 주목받아 온 기대주였다.

프로리그 무대에 데뷔했던 첫해에 찍은 승률은 무려 7할.

그리고 2018년 후반기에는 개인리그 준우승과 함께 이신의 새로운 적수로 주목받으며 전성기를 찍었다.

팀 넥스트 선수들에게는 부러움과 질시의 대상이었다.

물론 다 옛날 이야기였다.

그 이듬해인 2019년부터 손가락 관절염이 심각해져 경기력에 지장을 받기 시작했지만 문제는 그게 아니었다.

인간계 천재, 인간계 우승자 등과 함께 손지훈을 따라다니는 별명이 또 하나 있었다.

먹튀신족.

손지훈은 전성기를 찍었던 2018년 전반기 이적 시즌 때 팀 넥스트와 재계약을 했던 것이었다.

쌍성전자, JKT, 화성전자, CT, 팀 넥스트 등등. 심지어 중국과 미국, 유럽의 프로 팀들도 손지훈에게 관심을 가졌었다.

그런데도 손지훈은 순진하게도 애걸복걸하며 붙잡는 팀 넥스트와 동료들을 위해 잔류를 택했다.

친한 동료들과 함께 팀을 최고로 만드는 길을 택한 것이다. 어린 날의 어리석은 치기였다.

3년 계약. 물론 팀 내 최고액의 연봉이었다. 하지만 계약한 후, 손지훈의 기량은 하락했다.

가장 높은 연봉을 받는데 제 역할은 못해주는 불편한 선수가 된 것이다.

그러자 팀은 손지훈에게 계약을 조정하자고 요구해 왔다. 부진을 하고 있으니 당초 계약대로 연봉을 주지 못 하겠다는 것이었다.

안면몰수한 팀의 태도에 충격받은 손지훈은 배신감을 느껴 반발했다.

손지훈은 절대로 계약을 번복하지 못하겠다고 버텨 결국 약속한 연봉을 다 받았다.

계약에 명시된 당연한 일. 이신이 소속 팀과 법적 다툼을 벌여 팀이 해체될 뻔했던 일도 있는 탓에, 팀 넥스트도 더는 손지훈에게 강압적인 수를 쓸 수는 없었다.

다만 팀은 치졸하게도 감독과 코치 등이 합심하여 손지훈에게 알게 모르게 불이익을 주었고, 다른 선수들에게도 손지훈 때문에 팀이 힘들다는 식으로 떠들고 다녔다.

하나둘 팀에서 친구가 떠나가고 손지훈은 점점 고립되었다.

그럼에도 손지훈은 독하게 버텼다. 계약에 명시된 연봉을 다 받아내고 새 출발을 하겠다는 일념이었다.

그게 엄청난 영입 제의를 마다하고 이 팀에 남았던 실수를 만회할 유일한 길이었다.

"먹튀 주제에 옛날 생각이라도 났나?"

"낄낄."

"이신은 그냥 말려 죽일 생각인가?"

"이제 다 끝났는데 왜 GG를 안 쳐?"

"오, 아직 뭔가 더 해볼 모양인데?"

손지훈이 다시금 움직였다.

수송기 2기가 각각 시계방향과 반시계 방향으로 맵 끝에 붙어서 움직였다.

견제 플레이로 두 군데를 동시에 타격하여 어떻게든 분위기를 바꿔보고자 함이었다.

'그래. 조금씩 떠오른다.'

손지훈은 생각했다.

'그때도 이렇게 괴로웠지. 내가 왜 잊고 있었을까.'

심리를 꿰뚫기라고 하듯, 하지 말았으면 하는 플레이만 골라서 했던 이신.

위장이 끊어질 것 같은 괴로움 속에서 싸워야 했다.

피 튀기는 승부란 그리 아름다운 것이 아니었다.

'아름다운 순간은……'

이 모든 시련을 다 이겨낸 뒤에 찾아온다. 그 중간 과정을 깜빡 잊고 있었다.

'간다.'

손지훈은 이를 악물고 향했다.

견제를 위해 두 군데로 나눠 움직인 수송기. 이와 함께 모아 놓은 대병력도 출진할 채비를 하고 있었다. 견제와 동시에 저 압박 라인을 돌파할 생각이었다.

'두 군데에서 동시에 견제 받는 와중에, 의무병으로 섬광탄을 실행해 정찰기를 정확하게 클릭하는 컨트롤이 가능하지는 않지.'

설령 2군데 동시 견제가 실패해도 좋다. 그건 시선을 끌기 위한 페이크다.

진짜는 돌파. 큰 싸움을 이겨야 승산이 생긴다.

'옛날의 신이 형이라면 3군데서 모두 완벽하게 대응했겠지.'

하지만 그건 과거다.

'내가 옛날의 나일 수 없듯이, 형도 옛날의 형일 수 없어. 형은 나보다 더 아팠었잖아. 우리 모두 옛날 같을 수는 없는 거잖아. 그렇지, 형?'

프로게이머 인생의 끝자락.

손지훈의 감각이 옛날처럼 날카롭게 살아나기 시작했다.

견제는 동시에 펼쳐졌다.

3시에 나타난 수송기가 대사제 2명을 드롭했다.

즉시 식량 자원을 채집하던 건설로봇들을 향해 전격 마법을 퍼붓는 대사제들.

—파지지지직!

이어서 7시에 나타난 수송기는 철갑충차를 드롭했다.

3시와 7시에서 동시에 전개된 견제 플레이.

이신의 반응은 기민했다.

3시, 전격 마법을 피해 건설 로봇을 대피시키고 고속전차를 투입해 진압했다.

7시, 철갑충차를 태우고 나타난 수송기에 대해서는,

—파아앗!

손지훈을 지긋지긋하게 만든 그 의무병의 섬광탄이 터졌다.

수송기의 시야가 1칸으로 전락되었다.

자칫 위험한 곳에 드롭하면 철갑충차를 날릴 수도 있는 위험 상황!

주변을 살필 수가 없으니 안전 지점에 철갑충차를 함부로 드롭하기가 애매해진 것이다.

7시에도 발 빠른 고속전차가 달려와 지뢰를 매설했다.

대사제든 철갑충차든 모두 값비싼 유닛. 이 견제만 막아내면 오히려 이신이 이득이었다.

그런데 그때였다.

"오, 간다!"

"뚫는다!"

지켜보던 모두가 소리쳤다.

손지훈의 본진에서 전 병력이 뛰쳐나왔다.

우선 소수의 광신도가 지뢰밭을 향해 질주했다. 적은 숫자의 광신도로 매설된 지뢰를 최대한 많이 제거하는 플레이.

정찰기가 지뢰가 매설된 지점을 알려 주고 있었기 때문에 가능한 일이었다.

'됐다!'

손지훈은 기뻐했다.

2군데에서 견제를 받는 바람에, 이신은 섬광탄으로 상대측 정찰기를 맞추는 것을 놓친 것이었다.

―퍼어어엉! 퍼어엉!

―퍼퍼퍼펑!

지뢰밭에 배치한 의무병도 광신도와 함께 지뢰에 휘말려 폭사했다.

이어서 손지훈의 전 병력이 마침내 돌격했다.

"지뢰 제거 잘했다."

"봉인 마법만 제대로 들어가면 이겨!"

"아바타에 달렸어."

이 대회전의 키포인트인 손지훈의 아바타 2기가 날아갔다.

하지만,

—퍼엉!

전술위성의 무력화탄이 아바타에게 쏘아졌다.

"맞았다!"

"오!"

절대로 싸움의 최대 키포인트를 놓칠 이신이 아니었다.

2기 중 1기가 무력화탄에 정통으로 맞아 마법 에너지가 모조리 증발되었다.

"아직 1기 남았어!"

다행히 다른 방향에서 돌입한 아바타는 봉인 마법을 무사히 펼칠 수가 있었다.

—쩌어엉!

기동포탑 5기와 고속전차 3기가 봉인당했다.

"잘 들어갔다."

"아, 2번 다 들어갔으면 좋았을걸."

"2군데 견제하고 동시에 돌파. 이번에는 잘했는데?"

손지훈의 필살의 한 수에 모두가 경탄했다.

일대 격전!

기동포탑들이 정신없이 불기둥을 뿜었고, 거신병기들이 무빙을 당기며 레이저빔을 쐈다.

악착같이 돌진하는 광신도.

광신도를 블로킹해 기동포탑에 붙는 걸 차단하는 고속전차.

치열하게 싸움이 전개되는 와중에 대사제들이 전격 마법을 뿌렸다.

1방, 2방, 3방.

거기까지였다.

고속전차들이 날카롭게 파고들어 대사제들을 저격했다.

손지훈의 필살의 돌파도, 이에 대응하는 이신의 컨트롤도 모두 빛을 발했다.

팽팽한 싸움의 균형은 의외의 곳에서 무너졌다.

"어?!"

"오, 뭐야!"

"철갑충차다!"

그랬다.

7시에 견제를 떠났던, 철갑충차 2기를 태운 수송기가 이신의 배후에 나타난 것이다.

시야가 1칸밖에 되지 않는 수송기.

그러나 손지훈은 과감하게 수송기를 이신의 병력이 집결된 무리 한복판까지 끌고 갔다.

이신이 건설해 둔 대공포가 미사일을 쏘았지만, 수송기는 그걸 맞아가며 돌입했다.

기동포탑들이 모인 지점에 정확히 철갑충차 2기가 드롭되었다.

내리자마자 수송기는 대공포의 공격 범위 밖으로 달아났다.

철갑충차 2기가 일제히 충격탄을 쏘았다.

—콰아앙! 콰르릉! 퍼어엉!

핑음이 잇달아 울려 퍼졌다. 기동포탑 4기가 한꺼번에 폭발해 버리는 효과음이었다.

충격탄 대박이 터진 것!

물론 이신도 눈 뜨고 당하기만 한 것은 아니었다.

고속전차들로 하여금 철갑충차들을 일점사격 했다.

그런데,

"오오!"

"우와!"

지켜보던 이들이 탄성을 터뜨리는 플레이가 나왔다.

수송기가 다시 대공포의 미사일을 맞아가면서 접근, 고속전차들에게 얻어맞는 철갑충차 2기를 태웠다.

그리고 수송기 또한 대공포의 미사일을 계속 맞았지만, 체력이 딸랑 3 남은 아슬아슬한 상태에서 달아나는 데 성공했다.

자칫 잘못했으면 수송기와 함께 안에 타고 있던 철갑충차 2기까지 전부 날아갈 뻔한 상황이었다.

손지훈은 과감하게도 수송기를 써서 그걸 살려내는 데 성공한 것이다.

그것도 시야가 1칸밖에 안 되는 수송기로 해냈으니, 순간적으로 나온 슈퍼 플레이였다.

기동포탑 5기는 봉인.

기동포탑 4기는 철갑충차의 충격탄에 폭사.

포격의 화력이 약해진 이신은 손지훈의 거센 돌파에 점점 라인이 무너지기 시작했다.

이신도 판단이 빨랐다.

전 병력이 썰물처럼 후퇴해 버린 것.

봉인된 기동포탑 5기만 덩그러니 적진에 남겨놓고, 이신은 후퇴했다.

그 와중에도 지뢰를 매설해 추격을 차단하는 고속전차들의 움직임은 예술적이었다.

*   *   *

"와, 저걸 뚫었어. 못 뚫을 줄 알았는데."

"그러게 말이야. 철갑충차를 정말 잘 썼어. 선생님의 라인은 완벽했는데 상대가 너무 잘한 거야."

존과 차이가 게임을 구경하며 의견을 나눴다.

압박 라인을 뚫어내는 데 성공한 손지훈은 확장 기지를 가져가며 봉인되어 있는 기동포탑 5기를 둘러싸 포위했다. 봉인이 풀리면 둘러싸인 병력에 의하여 몰살당할 터였다.

"상대에게 너무 기회를 준 게 아닐까?"

존의 의문을 나타냈다.

"계속 싸웠으면 추가로 생산된 고속전차가 도착할 테니까 싸움이 어찌 될지 알 수 없었는데."

"아직 자원상으로는 유리하니까 한 번 더 병력 모아서 한 방에 끝내겠다는 의도시겠지."

"그럼 상대가 새로 가져간 확장 기지를 돌릴 때까지 기다려주는 셈인데?"

"음, 글쎄."

두 사람의 의문은 곧 풀렸다.

이신이 어떤 의도로 쉽게 후퇴했는지 밝혀졌다.

그 짧은 시간에 모아놓은 값싼 고속전차가 우르르 달려갔다. 바로 기동포탑 5기의 봉인이 풀리는 그 타이밍!!

기동포탑들을 둘러싼 채 봉인 풀리길 기다리고 있던 손지훈은 갑자기 나타난 고속전차들에게 포위당했다.

다수의 고속전차들이 거꾸로 손지훈을 포위, 지뢰를 전후좌우 사방에 매설해 버린 것이다.

—퍼어엉! 퍼어어엉! 퍼엉!

손지훈은 다급히 병력을 후퇴시켰다. 거신병기로 무빙을 당기며 지뢰를 하나둘 제거했다.

하지만 잇달아 터지는 지뢰에 광신도들이 거의 몰살을 당했다.

봉인된 기동포탑을 싸먹으려던 손지훈은 도리어 이신의 역습에 크게 당한 것이었다.

봉인 풀린 기동포탑 5기를 고스란히 살려낸 엄청난 전과였다.

'세상에⋯⋯.'

뒤에서 이신의 플레이 화면을 목격한 차이의 경악은 이루 말할 수 없을 정도였다.

'봉인이 언제 풀리는지 시간을 정확하게 계산하고 있었어!'

초단위로 타이밍을 계산한 시간 감각. 한 번 후퇴했다가 다시 달려들어 상대를 포위해 버린 전술 감각!

어떻게 그 짧은 시간에 그런 판단을 내릴 수 있었던 것일까?

그렇게 경황이 없는 와중에 말이다!

'똑똑한 정도가 아니야.'

차이는 감격과 전율을 느꼈다.

자신의 목표이기도 한 스승은 실로 천재 그 자체였다. 승리에 대한 열정과 탁월한 센스가 아예 DNA에 각인되어 있었다.

재능!

생각할 시간조차 없는 긴박한 순간에 그런 플레이를 본능적으로 할 수 있는, 하늘이 내린 재능이었다.

저런 사람을 이겨야 한다니?

차이는 어깨가 무거워졌다.

지금 이 순간, 차이는 손지훈의 심정을 알 것 같았다.

대적 불가의 상대에게 맞서는 암담함. 하지만 승산을 보았다.

　5판 3선승제의 대결을 마지막 5세트까지 끌고 갔다. 상대는 신이었는데 말이다.

　얼마나 짜릿했을까? 이기는 게 불가능하다고 했던 상대와 일진일퇴의 승부를 벌였다는 것은.

　어쩌면 이길 수 있다는 승산까지 보았을 정도로 치열한 승부였으니 말이다.

　그것을 잊지 못해 지금 이제 와서 다시 이신과 대결을 하는 게 아닌가.

　'반드시 이길 거야. 그게 선생님이 바라시는 거니까.'

　차이는 이신을 향해 전의를 불살랐다.

＊　　　　　＊　　　　　＊

　결국 승부는 손지훈의 GG로 끝나 버렸다.

　최선을 다한 손지훈.

　전술 설계와 슈퍼 플레이가 돋보였던 압박 라인 돌파는 과연 클래스는 영원하다는 것을 보여주었다.

　다만, 이신이 순간적으로 펼친 역습 타이밍 또한 정말로 탁월했다.

　신과 인간이라는 테마가 잘 드러나는 승부.

　그렇게 잘한 손지훈이었는데도, 끝내 역전의 그림은 나오지 않았다.

담담한 표정으로 이어폰을 빼는 손지훈에게 이신이 다가왔다.

"잠깐 나가지."

"응, 형."

두 사람은 밖으로 나와 코앞에 있는 작은 공원에서 바람을 쐬었다.

벤치에 앉자, 이신은 곧장 돌직구로 본론을 꺼냈다.

"은퇴한다고?"

"응, 이젠 지긋지긋해."

"게임이 싫어졌어?"

"아니, 팀도 나 자신도 싫어졌어. 게임은 계속하고 싶은데 플레이가 잘 안 풀리더라."

"아까 3세트는 잘했는데."

"뭘 잘해. 정말 잘했으면 그렇게 수세에 몰린 상황 자체를 안 만들었겠지."

"그건 그렇지."

이신도 동의했다.

위로라도 입에 발린 말은 할 줄 모르는 이신이었다. 손지훈은 그런 그의 말에 그만 웃음을 터뜨렸다.

"형은 진짜 예전 그대로다. 성격도 실력도…… 정말 의무병 섬광탄으로 날 농락하는 못된 심보도 옛날 그대로고."

"그냥 순간적으로 떠올랐어."

"내가 가장 싫어할 만한 방법?"

"어."

"대단하다, 정말."

손지훈은 웃음을 멈추지 못했다.

평소에는 배려를 모르는 솔직함 때문에 못됐고, 게임에서는 아주 극악으로 못된 이신. 그럼에도 미워할 수가 없는 희한한 형이었다.

"결국 지금 있는 팀이 마음에 안 든다고?"

"그것도 그거지만, 결국 내 기량이 모두의 기대에 못 미치니까 불화가 벌어진 것도 있고……."

"손가락 관절염, 그거 나으면 더 잘할 수 있어?"

"나도 잘 몰라. 내가 형도 아니고, 관절염 나으면 갑자기 잘해진다고 누가 장담해? 손가락은 그냥 계기였을 뿐인지도 모르지."

"은퇴하면 뭐하게?"

"공부해서 대학 가야지. 유학도 생각하고 있어. 내가 알아주는 먹튀잖아. 챙긴 돈은 많아."

손지훈은 그렇게 말하며 자조(自嘲)했다.

"e스포츠 관련된 일도 안 할 거고?"

"안 해."

"왜?"

"내가 코치가 되어서 애들 가르친다고 생각해 봐."

손지훈은 쓸쓸한 표정으로 말을 이었다.

"부러워서 그걸 어떻게 견뎌? 왜 은퇴했을까 하고 미련과 후회만 가득하겠지."

"즉, 선수 생활을 계속하고 싶긴 하다는 거군?"

"그러고 보니 왜 그렇게 내 향후 진로에 관심이 많아?"

"너 계약 기간 끝나면 잡으려고."

"…뭐?"

손지훈의 안색이 변했다.

"손이 다친 건지 그냥 실력이 썩은 건지 아까 붙어보면서 내 나름대로 판단해 봤어."

"썩은 게 뭐야, 형. 말 좀 직설적으로 하지 마라. 아무튼 그래서?"

"아직 판단과 센스가 살아 있어. 강도 높은 훈련으로 피지컬만 다시 바짝 끌어 올리면 돼."

"그리고 내 손가락은 완전히 작살나고?"

"손가락 통증 도져서 못하게 되면 그냥 은퇴해. 남은 계약 기간 동안 코치진이나 전략 팀에 넣어줄 테니까. 그 뒤로는 대학을 가든 유학을 가든 마음대로 하고."

이신은 이상하게도 자신감 넘치는 어조로 말을 이었다.

"지금 팀 넥스트에 묶여 있는 계약과 똑같은 조건으로 해주지. 계약 기간은 3년, 연봉은 1억. 온라인 다시보기 수입 따로."

"뭐?!"

"대학을 가든 유학을 가든, 네가 앞으로 이만한 돈벌이를 할 자신 있으면 그냥 거절해도 좋아."

　손지훈은 놀랍고 당혹스러웠다.

　대체 이신이 무엇을 믿고 자신에게 이런 좋은 조건을 제시하는지 알 수가 없었다.

　왜 자신을 탐스러운 먹잇감 보듯 하는지 이해되지 않았다.

제3장

프로모션

개인리그 예선전과 프로리그 2라운드 풀리그가 동시에 시작
되었다.

올도어SCC는 1경기 상대로 정진실업을 만났다.

작년에 6위로 마감했던 정진실업은 하위권 팀이긴 했지만
한 번도 강등 위기를 겪지는 않았다.

정진실업은 그저 그런 중견 기업이었는데, 사장이 워낙에 e스
포츠를 좋아해서 선수들의 훈련 환경을 잘 지원해 준다고 들었
다. 때문에 파격적인 연봉은 주지 못해도 팀에 충성하는 의리파
선수가 많았다.

그렇다고 해도 올도어SCC의 적수가 될 수 있는 팀은 아니었
다.

차이, 존, 사나다 료, 한태화 등 개인리그 예선전을 준비해야 하는 선수는 출전시키지 않았다.

이신, 주디, 유진영이 출전했고, 박진수는 물론 2군 선수 중에서도 한 명에게 출전 기회를 주었다.

결과는 3—1.

1세트, 출전 기회를 주었던 고등학교 1학년생 김재호는 아깝게 패배했지만, 나름대로 자질은 있음을 증명했다.

2세트, 주디는 꼼꼼한 운영과 강력한 한 방이라는 자신의 확립된 스타일을 보여주었다.

인구수 제한까지 꽉 채운 병력으로 진군시켜 괴물의 맹렬한 저항을 격파하고 확장 기지 2군데를 밀어버렸다.

집중 훈련으로 강력하게 성장한 주디의 싸움 능력이 돋보이는 경기였다.

3세트, 박진수는 노련하고 지능적인 캐논 러시를 선보였다.

캐논 러시란, 상대의 진영에 몰래 캐논포를 건설하는 전략이었다.

초반에 몰래 침투한 신도 하나가 상대의 본진 안쪽 구석에 생명석과 캐논포를 건설해 버린 것!

상대가 알아차렸을 때는 이미 완성된 캐논포가 레이저를 뿜고 있었다.

이는 전략 팀의 성과물이었다.

같은 맵에서 상대의 플레이 패턴을 분석하여, 언제나 초반에 시야에 안 들어오는 등잔 밑을 날카롭게 찾아낸 것이었다.

4세트, 출전한 사람은 다름 아닌 이신. 말이 필요 없었다.

그렇게 3—1 승리를 거두고서 여유 있게 2라운드를 시작한 올도어SCC였다.

        *   *   *

개인리그 예선전이 슬슬 마무리에 이르면서 서서히 본선 진출 멤버가 윤곽이 드러났다.

먼저 차이.

차이는 자신이 속한 예선전 D조를 그야말로 초토화시켰다.

무패.

톱클래스의 경지에 이르렀다는 세간의 평가를 압도적인 실력으로 입증했다.

쌍성전자를 상대로 올킬까지 해낸 차이이니 예선에서 탈락하는 게 더 이상했다.

사나다 료 또한 어려움 없이 무난하게 통과함으로써 올도어 SCC 주전 멤버의 위엄을 보였다.

1.5군으로 와일드카드로 자주 쓰였던 한태화는 아쉽게 탈락했다.

변칙적인 빌드 오더를 주로 쓰는 기교파로서 장점만큼이나 단점도 뚜렷했던 한태화.

하지만 이번 개인리그는 보다 다채로운 전략 패턴을 준비해 야심차게 32강 본선 진출은 물론 16강까지도 노리고 있었던 터였다.

하지만 하필이면 고비에서 존을 만난 것이 불행이었다.

병영 병력 컨트롤이 이신에 견줄 정도로 탁월한 존은 전략적인 측면에서도 한태화 못잖게 변칙적이어서 괴물 플레이어 입장에서는 천적이나 다름없었다.

"박영호나 황병철이 상대일 때는 차이보다 존을 내보내는 편이 더 승산이 높을 거야."

라고 수석코치인 최환열이 평가했을 정도였다. 이는 차이도 순순히 인정하는 바였다.

그렇게 한태화의 개인리그 본선 진출의 꿈은 좌절되었다.

한편, 박진수는 개인리그를 포기하고 예선전에 출전하지 않았다.

마지막으로 한 번 도전해 보라고 주변에서 권유도 해보았지만 박진수는 단호했다.

"선수 생활 하면서 코치도 해야 하고 전략 팀까지 관리해야 하는데, 그럴 여유까지는 없어. 난 내 본분에 집중할래."

박진수는 이미 한국 최초의 전략 팀을 이끄는 일에 열정을 바치고 있었다.

단순한 포기가 아니라 본인의 열정에 의한 일이었던 만큼 이신도 수긍했다. 사실 팀을 위해 힘쓰겠다는 박진수에게 고마울 수밖에 없었다.

그렇게 개인리그에 출전하는 올도어SCC의 멤버는 이신, 주디, 유진영, 사나다 료, 차이, 존 등 6인이었다.

작년 후반기 개인리그 16강 멤버를 포함하여 본선 32강 멤버가 확정되자, 비로소 개인리그 본선에 대한 한국 프로리그 협회의 프로모션이 시작되었다.

이신은 프로모션 영상 촬영을 위하여 가장 먼저 불려갔다.

"이번에는 무슨 콘셉트입니까?"

촬영장에서 이신이 귀찮음이 어린 표정으로 물었다.

그러자 프로모션 영상 촬영을 담당한 감독은 껄껄 웃었다.

"걱정 마십시오. 이번에는 전처럼 요란한 옷을 입고 황금 옥좌에 앉아 폼 잡을 필요가 없으니까요."

이신은 내심 안도했다.

패션의 완성은 얼굴이라고 했던가. 그동안 한국 프로리그 협회는 이신의 조각 같은 외모를 부단히도 활용해 왔다.

무슨 꼴을 시켜놔도 잘 어울리는 얼굴과 기럭지의 소유자!

심지어 지난번에는 하얀 턱시도에 붉은 망토를 두르고 황금 옥좌에 앉혀놨음에도 놀라우리만치 잘 어울려서 많은 여성 팬의 호평을 받았다.

이신의 그 장면을 캡처한 이미지 파일은 아직도 전 세계 e스포츠 팬들에 의하여 짤방으로 쓰이는 중이었다.

예전보다는 많이 나아졌지만, 여전히 수많은 프로게이머가 방구석에서 죽어라 게임만 하게 생겼다는 점을 감안하면 이신의 희소가치는 이루 말할 수 없을 정도!

그 탓에 이맘때쯤 되면 온갖 꼴을 하고 촬영을 해야 했던 이신이었다.

"정말 인터뷰로 충분합니까?"

이신은 의심이 들었는지 다시 한 번 물었다.

감독은 웃으며 고개를 끄덕였다.

"그렇습니다."

"인터뷰 내용은 어떤 겁니까? 콘셉트는 있을 텐데요."

"본선에 진출한 선수들을 도발하면서 승부욕을 고취시키는 그런 인터뷰 내용이면 좋겠습니다."

이신은 고개를 끄덕였다. 도발은 이신의 특기 중 하나였다.

"'상대가 없었습니다' 같은 유명한 인터뷰 영상을 편집해서 써도 되지만, 그런 건 이제 하도 많이 써먹어서 식상하거든요. 대본을 참고하시면 좋겠네요."

감독이 건네준 대본에는 수많은 질문지가 담겨 있었다.

대본을 읽어본 이신은 동의했다

"좋습니다."

그렇게 촬영이 시작되었다.

코디들이 붙어서 화장을 해주고 의상을 챙겨주었다. 그렇게 잘 꾸며진 이신이 카메라 앞에 앉아 인터뷰를 시작했다.

—지금까지 개인리그 우승을 몇 번 하셨나요?

"일일이 세어본 적 없습니다."

—이번 개인리그도 우승할 자신이 있으신가요?

"모르겠습니다."

이신이 말을 이었다.

"경계해야 할 만만찮은 상대들이 많이 있습니다. 하지만 지금까지 다전제에서 져본 적이 없어서 뭐라고 말하기 애매합니다."

―어떤 선수가 가장 위협적인가요?

"최영준, 박영호, 차이."

―수제자인 차이 선수를 언급하셨네요?

"저를 이기는 법을 제가 직접 가르쳐 주었습니다. 가장 저를 잘 압니다."

―최근에는 장양 선수까지 모두 네 명이나 되는 제자를 두고 계시는데 특별한 이유라도 있으신가요?

"딱히 어떤 의도가 있었던 건 아니고, 인연이 닿아서 재능 있는 아이들이 제게로 왔습니다. 지금은 월드 SC 그랑프리 단체전 우승을 위해 꼭 필요한 핵심 전력이라고 생각합니다."

시시콜콜한 질문이 오갔다.

수많은 문답 중에 몇 가지만 추려서 편집될 예정이었다.

그리고 마지막 질문이었다.

―앞으로 우승까지 싸우게 될 선수들과 모든 팬 분들께 마지막으로 한 말씀 부탁드립니다.

이신은 잠시 생각을 정리했다. 그리고 입을 열었다.

*　　　　　*　　　　　*

―19세에 스페이스 크래프트에 처음 관심을 두게 되었고, 20세에 프로게이머로 데뷔한 지가 엊그제 같은데, 어느덧 저

도 이제 프로게이머로서는 적지 않은 나이가 되었습니다.

프로모션 영상에 말끔하게 차려 입고 나온 이신이 차분히 말을 하고 있었다.

하지만 발언 내용은 결코 차분하지 않았다.

—지금까지 제 선수 생활을 돌이켜 보건대, 이제 제가 e스포츠 역사상 가장 강한 프로게이머였다고 말해도 될 것 같습니다.

그 오만한 발언은 이신의 입에서 나왔기에 결코 오만해 보이지 않았다.

—지금까지 수많은 적수를 만났고 위협적이라고 생각되었던 상대도 여럿 있었습니다. 하지만 고백컨대 제가 질 것 같다는 생각이 든 적은 한 번도 없었습니다. 예, 누구도 저로 하여금 질지도 모른다는 생각이 들게 하지 못했습니다.

영상 속의 이신은 입가에 미세하게 미소가 번졌다.

—저는 지금도 여전히 강합니다. 하지만 제가 언제까지 이렇게 강할 수 있을지는 모르겠습니다. 제게도 공평하게 세월이 흐르고 있고, 결국은 쇠락하는 순간도 찾아올 겁니다. 예, 은퇴를 생각해야 할 때가 서서히 다가오고 있습니다.

그렇게 말하는 이신의 눈빛은 조금 쓸쓸해 보였다.

—물론 저는 영원히 프로게이머이고 싶습니다. 나이가 들고 들어 더 이상 손도 머리도 안 따라주고, 더 이상 응원해 주는 팬이 없다고 해도 끈질기게 프로게이머로서 살고 싶습니다. 하지만…….

이신의 말이 이어졌다.

―제 안에 또 하나의 제가 있습니다. 누구에게도 지고 싶지 않다고, 최고이고 싶다고 말합니다. 그래서 더 이상 최고일 수 없을 때, 죽기 살기로 노력해도 이길 수 없는 상대가 나타났을 때, 그때가 바로 제가 은퇴할 날이 아닐까 생각됩니다. 승부를 사랑하지만, 이길 방법이 없는 선택지는 승부가 아니니까요.

거기까지 말하고서 이신은 잠시 회한이 젖어 말을 멈췄다.

하지만 곧이어 말했다.

―그래서 모든 선수에게 통보합니다. 여기에 역사상 가장 강한 프로게이머가 있습니다. 지금도 여전히 강하지만, 제가 건재할 수 있는 시간이 그리 많이 남지 않았습니다. 이 기회를 놓치면, 지금 이 시대를 말하는 선수는 저 하나로만 기억될 겁니다. 훗날의 팬들이 오늘날을 기억할 때, 이신과 동시대에 있었던 여러분은 전부 들러리가 되겠지요.

이신은 웃었다.

웃으며 모두를 도발했다.

―저를 이겨보십시오. 저보다 더 강한 선수라고 역사에 새겨보십시오. 이제 기회가 많지 않습니다.

어떠한 연출도 없는 그 프로모션 영상은 그 어느 때보다도 강렬한 인상을 주며 전 세계 e스포츠계에 일파만파 퍼져 나갔다.

―와우, 카이저가 놀라운 도발을 했어.

―그는 정말 위대해. 누가 저 사람을 이길 수 있을까?

―저렇게 광오하게 말해도 되는 사람이 있다는 것을 지금 처음 알았어.

두 번 다시는 카이저 같은 선수가 안 나오겠지.

—제발, 제발, 제발! 은퇴하지 말아줘, 카이저. 다 늙어서 퇴물이 되어도 내가 응원해 줄게.

—난 카이저의 첫 그랑프리 때가 기억 나. 금메달을 뺏어간 한국의 얄미운 녀석이었지. 하지만 지금은 그가 없는 e스포츠를 상상할 수가 없어. 그가 없어져도 나는 계속 e스포츠를 좋아할 수 있을까?

—질도 규모도 우리 미국 프로리그가 훨씬 우월해. 그런데 왜 저런 위대한 선수는 하필 한국에서 탄생한 거야?

—정말 한국인은 게임의 민족이야.

—맙소사, 그러고 보니 카이저를 처음 본 지 벌써 6년이 다 되어가는군. 세월이 왜 이렇게 빠른 거지?

전 세계 네티즌의 반응은 뜨거웠다.

그리고 이를 본 모든 내로라하는 프로게이머들 또한 가슴 속에서 뜨거운 감정이 샘솟는 것을 느껴야 했다.

투지.

열정.

감동.

이신이라는 이름은 한국의 작은 개인리그를 뜨거운 감자로 만들고 있었다.

제4장

학교

프로모션 영상이 돌면서 확실히 한국 e스포츠의 관심사가 개인리그 본선에 집중된 분위기가 되었다.

그런 와중에 이신은 평소와 다름없이 일분일초를 모조리 훈련에 투자하며 혹독하게 하루하루를 썼다.

'시간이 너무 아깝다.'

건재할 수 있는 시간은 한정적이었다. 아직 프로게이머로서 활동할 수 있는 이 시간이 너무나 귀중했다.

그런데 그런 이신의 열정을 방해하는 뜬금없는 문자 메시지가 도착했다

―어머니 : 오늘 저녁은 오랜만에 가족끼리 함께 식사하지 않겠니? 가끔

은 집에도 오고 그래야지.

이신은 눈살을 찌푸렸다.

귀찮음이 물밀 듯이 밀려왔다. 하지만 계속 이어지는 어머니의 문자 메시지에 거절하기가 힘들어졌다.

—어머니 : 아버지도 보고 싶어 하신다.

'아버지가 뭔가 나에게 용건이 있으신 모양인데?'

어머니는 물론이고 아버지와도 일전에 생신 선물로 드린 만년필을 계기로 화해 무드를 띠고 있었다.

여기서 거절하면 다시 섭섭해할지도 몰랐다.

'하는 수 없지.'

이신은 알겠노라고 답장을 보냈다.

생각해 보니 오늘 하루쯤은 게으름(?)을 피워도 될 것 같았다.

*   *   *

이신을 태운 롤스로이스 팬텀이 집 앞에 당도했다. 초인종을 누르자 금방 문의 잠금장치가 풀렸다.

"그럼 근처에서 대기하고 있겠습니다."

운전사 정상범이 공손하게 말했다.

"예, 전화하죠."

그리 말한 이신은 집 안으로 들어갔다.

"왔니? 그래, 일하다 와서 많이 피곤하겠구나."

어머니가 그를 반갑게 맞이해 주었다. 반년 만에 집에 돌아온 아들이었다.

"안 피곤합니다. 본래는 지금도 계속 훈련을 하고 있어야 했습니다."

"그렇게 늦게까지?"

"다들 그 정도는 합니다."

"건강관리는 잘하고 있는 거지?"

"예."

"그래그래, 배고플 텐데 조금만 기다리렴."

"아버지는요?"

"서재에 계신다."

고개를 끄덕인 이신은 서재로 향했다.

서재에는 아버지가 그동안 썼던 수많은 논문이 일목요연하게 정리되어 있었다.

이신이 자신의 집 서재에 상대 선수의 분석 파일을 정리해 놓은 것은 아버지로부터 배운 습관이었다.

문을 열고 안으로 들어왔음에도 아버지는 책에서 시선을 떼지 못했다. 독서에 몰두하고 있어 누가 들어왔는지도 눈치 못 챈 것이었다.

그 강한 집중력조차도 부전자전이었다.

"아버지."

"음?"

놀란 아버지가 그제야 이신을 바라보았다.

"어, 왔구나."

"예."

이신은 맞은편 자리에 앉아 아버지를 바라보았다.

"절 보고 싶어 하셨다고요?"

"오냐, 아들이라는 것이 집 나가고 몇 달째 얼굴 한 번 안 비치니 말이다."

"용건이 뭡니까?"

이신이 불쑥 물었다.

아버지는 물끄러미 그런 아들을 보고는 혀를 찼다.

"그건 밥 먹으면서 천천히 얘기하자꾸나."

"……."

"그보다 돈은 잘 모으고 있는 게야? 자가용이며 운전수며 얼마 전에 나한테 준 고가의 선물이며, 씀씀이가 너무 헤퍼진 게 아니냐?"

"재산은 나날이 늘어나고 있습니다."

"돈이라는 게 있다가도 언제 또 없어질지 모르는 거다. 미래를 잘 대비해야……."

"100억을 넘기고부터 재산 관리에 신경 써본 적이 없습니다. 자꾸 늘어서요."

"……."

아버지는 할 말을 잃었다.

집안의 선친으로부터 물려받은 재산보다 훨씬 많은 돈을 벌어들인 아들의 능력에 놀라울 따름이었다.

"게임이 뭐라고 그렇게 돈을 버니, 원 요즘 세상은……."

아버지의 투덜거림에 이신은 나직이 웃었다.

"그, 손은 어떠냐?"

"이제 멀쩡합니다."

"병원에 가서 잘 검사해 본 거야?"

"예, 팀의 모든 선수가 검진을 받고 있습니다."

사실 딱히 제대로 검사해 보지는 않았지만 대충 둘러댔다.

"그럼 다행이구나."

"……."

"……."

아슬아슬하게 이어져 왔던 대화는 끝내 끊어져 버렸다. 아버지나 아들이나 말수가 적기는 마찬가지였기 때문.

때마침 바깥에서 식사하라는 어머니의 목소리가 들렸다.

"밥 먹자."

"예."

부자는 기다렸다는 듯이 일어났다. 간신히 어색함에서 탈출한 두 사람이었다.

이신 일가의 조용한 식사가 시작되었다.

어머니가 입을 열었다.

"그 광고 봤다."

"광고요?"

"그 있잖니, 대회 광고. 너 인터뷰 영상도 나오고 하던데."

"개인리그 프로모션 영상이요?"

"그래, 아무튼 거기서 네가 말하는 걸 보니 은퇴를 생각하는 모양이더구나."

"예. 오래 남지는 않았습니다."

"그렇게 좋아하는 일인데 그만두면 섭섭하지는 않겠니?"

이신은 새삼 어머니도 많이 달라졌다는 것을 느낄 수 있었다.

예전이었다면 프로게이머 관둔다고 하면 반색하며 좋아하셨을 터였다.

"제 심정과 별개로, 어쩔 수 없는 건 어쩔 수 없는 것 같습니다."

"그럼 은퇴한 뒤에는 감독 일 계속할 거고?"

"아뇨."

이신은 고개를 저었다.

이에 어머니도 아버지도 놀란 얼굴로 바라보았다.

이신이 말했다.

"전부 이루고 나면 그만둘 생각입니다."

"개인방송할 생각이냐?"

이번에는 아버지가 물었다.

"그건 또 어떻게 아셨어요?"

"요즘 스트리밍 서비스 시장이 급성장하고 있는데 애비라고 모를 리가 있겠냐."

이신의 아버지는 경영학 교수였다. 한국대학교 경영대학 학과장이라는 높은 직함까지 달고 있었다.

"학교에서 애들이 너에 대해서 많이 물어본다고 하더구나."

어머니가 웃으며 덧붙였다.

이신은 잠시 생각하다가 입을 열었다.

"게임 관련된 일은 할 생각이 없습니다."

"아니, 왜? 그렇게 좋아했으면서."

어머니가 걱정스럽게 물었다.

"보고 싶지 않습니다."

이신은 쓸쓸한 어조로 말을 이었다.

"제가 다시는 뛸 수 없는 e스포츠는 보고 싶지도 가까이 있고 싶지도 않습니다."

"그럼 달리 생각이 있느냐?"

"제가 뭘 하길 원하십니까?"

이신이 아버지에게 반문했다.

잠시 말문이 막힌 아버지는 이내 입을 열었다.

"뭐든 하고 싶은 거 해라."

이신의 눈이 커졌다.

아버지는 그런 아들의 시선에 헛기침을 하며 말했다.

"생각해 보면 하고 싶지도 않아 하는 걸 억지로 시킨다고 될 일도 아닌 것 같아서 그런다. 네 성격이 하도 거만해서 직장 생활이 잘 맞을 것 같지도 않고 말이다."

이신은 웃었다.

아버지는 웃고 있는 아들의 모습에 혀를 쯧쯧 찼다.

어머니도 흐뭇해했다. 아주 오랜만에 그들 세 가족이 화목함을 되찾은 셈이었다.

"공부하겠습니다."

"…뭐?"

"입시부터 다시 공부해서 대학 가고 대학원도 가겠습니다."

"애비 때문에 굳이 하기 싫은 것을 억지로 할 필요 없다고 했다."

"딱히 공부가 싫은 건 아니었습니다. 게임이 좋았을 뿐이죠."

"아유, 그래요. 애가 싫은 걸 억지로 했으면 고등학교 2학년 때까지 전교 1등을 할 수 있었겠어요?"

어머니는 매우 기뻐하며 거들었다.

"흠흠, 네 생각이 그렇다면야 나도 좋구나. 공부는 언제 다시 시작해도 늦는 게 아니고, 어차피 벌어놓은 돈도 많아서 장래 걱정도 없으니 학문에 집중할 수 있겠구나."

좋아하는 두 분 부모님을 보며 이신은 미소를 지었다.

"그렇게 웃을 줄도 아는구나."

"원래 잘 웃습니다만."

"……"

"……"

아버지와 어머니의 황당하다는 듯한 시선에 이신은 흠칫해야 했다.

그렇게 이신 가족치고는 다소 화기애애한 식사가 끝났다.

어머니가 차를 끓이려고 부엌에 간 사이에 아버지가 슬며시 본론을 꺼냈다.

"1시간 정도로 강연을 해줄 수 있겠느냐?"

"강연?"

"학교에서 매달 명사를 초청해서 학생들을 대상으로 강연을 하는데, 이달에는 너를 초청했으면 좋겠다는 목소리가 꽤 많았다. 학생회도 나를 들볶아대고."

"싫습니다."

"……."

이신의 칼 거절에 아버지는 당황했다.

"제가 뭐라고 거기서 강연을 합니까? 대학교에 프로게이머 지망생이 있는 것도 아니고 말입니다."

"그러게 말이다. 나도 동감이긴 하다만, 어찌 되었든 한 분야에서 성공한 명사는 명사 아니냐. 연예인을 초청한 적도 여러 번 있었는데, 너라면 요즘 웬만한 연예인보다 더 좋아할 게다."

"제가 바쁜 건 둘째 치고, 대체 뭘 가르치라는 겁니까?"

"성공 비결이라든지 부상을 딛고 재기하는 데 성공한 일화라든지, 뭐든 좋으니 강연하면 된다."

"……."

이신은 할 말을 잃었다.

비결이라고 해봐야 죽어라 게임을 한 것뿐이었다.

"난 네가 이걸 해줬으면 좋겠다."

"어째서 말입니까?"

"한국대학교의 초청을 받아서 강연한다는 게 어떤 의미인지 아느냐?"

"……."

"성공했다는 뜻이야. 사회적인 성공을 공식적으로 인정받는 것이나 다름없는 거야. 난 네가 그 자리에 섰으면 좋겠다. 내 아들이 거기 선 모습을 봤으면 좋겠어."

"……."

"내가 너무 욕심 부리는 게냐?"

"아뇨, 이해합니다."

그렇게 대답할 수밖에 없었다.

부모님이 프로게이머로서의 자신을 이해하려고 노력했듯이, 이제는 그 또한 아버지의 생각과 관점을 이해해야 했다.

평생을 학계에서 살아온 아버지에게는 그런 자리가 중요할 수 있는 것이었다.

"…언제 해야 합니까?"

한참의 갈등 끝에 이신이 물었다.

"이달 중으로 네가 스케줄이 빌 때 하면 된다."

"그럼 이번 주에 하는 게 좋겠군요. 개인리그 본선이 시작되면 정말 그럴 여유가 없습니다."

"그래, 그렇게 하자꾸나. 초청료는 네 입장에서는 얼마 안 되겠지만 충분히 주어질 거야."

"받지 않겠습니다."

"뭐?"

"학교에 장학금으로 1억 정도 기부하겠습니다. 그러면 형편 없는 강연을 해도 욕먹지는 않겠죠."

"녀석……."

아버지는 이신을 흐뭇한 눈길로 바라보았다.

*　　　*　　　*

―'게임의 신' 이신, 한국대학교 명사 초청 강연

―이신 한국대학교에 장학금 1억 쾌척

―장학금 1억 쾌척한 이신 "별거 아냐"

이 소식을 듣자마자 가장 먼저 놀린 것은 바로 최환열이었다.

"강연을 한다고? 네가?"

최환열은 그야말로 요절 복통을 했다. 이신은 눈살을 찌푸렸다.

"낄낄, 어떤 강연을 할지 안 봐도 뻔하다. 그냥 열심히 하면 됩니다, 죽어라 하세요, 타고나야 하는 것 같습니다, 뭐 그 정도?"

연신 낄낄거리는 최환열의 말에 연습실의 다른 선수들도 웃음을 참느라 애썼다.

"차라리 각 팀 연습생들 모아놓고 게임에 대해 강연하면 모를까, 우리나라 최고 명문대에서 강연을 할 수 있겠냐?"

"그래서 1억 줬잖아. 강연 망쳐도 불만 갖지 말라고."

"큭큭큭, 너답다."

이신은 한숨을 쉬었다.

싫은 일을 아버지 때문에 억지로 떠맡은 터라 이신도 이번 강연에 대해 비관적인 것이 사실이었다.

그런데 그때 주디가 쪼르르 달려와 속삭였다.

"잘하실 수 있을 거예요."

"헐, 주디야. 진심으로 그렇게 생각하니? 아무리 스승님이라고 그렇게 대놓고 아부하는 거 아니다."

"잘하실 거예요."

주디는 푸른 눈동자를 반짝반짝 빛내며 말했다.

"선생님은 선생님이 생각하시는 것보다 훨씬 더 훌륭하신 분이에요."

"고맙다."

이신은 그런 주디의 머리를 슥슥 쓰다듬어 주었다.

주디는 헤헤 웃으며 몹시 좋아했다.

반대편에서 그걸 바라보던 존이 옆자리의 차이에게 속삭였다.

"저거 봤지? 우리 누나가 저런 사람이야. 순진한 척하면서 거짓말도 진심처럼 이야기한다."

"하하, 이번 일로 멘탈에 타격 입어서 경기력에 영향 가면 안 될 텐데."

차이도 어색하게 웃으며 우려를 표했다.

이신을 아는 모든 이가 이번 강연에 대해 매우 비관적인 전망을 하고 있었다.

한국대학교의 본관 대강당에는 몰려드는 학생들로 인산인해였다.

"와, 사람 봐봐."

"명사 초청 강의에 이만큼 인파 몰린 적이 있었던가?"

학생들이며 교수며 득시글거리는 인파에 혀를 찼다.

천 명까지 수용 가능한 대강당은 그야말로 가득 차버렸다.

대강당 바깥에도 이신을 기다리는 학생들로 인산인해였다.

바로 그때였다.

"온다!"

"저 차다!"

"와, 차 존나 멋있어."

부와 지위의 상징인 푸른색 롤스로이스 팬텀이 유유히 캠퍼스를 가로지르고 있었다.

마치 한국대학교의 총장이라도 출근한 것 같은 위엄!

학생들은 선망과 동경이 어린 눈빛으로 이신의 차량을 바라보았다.

차가 멈추고 이신이 내렸다.

"꺄아아악!"

"이신 오빠!"

"사인 좀 해주세요!"

학생들이 우르르 몰려들었다. 이신교의 교세는 한국 굴지의 명문 한국대학교까지 뻗어 있었다.

차에서 내린 이신은 정신이 하나도 없었다. 여긴 분명 대학교인데, 경기장에 왔을 때와 사람들의 반응이 비슷했다.

대강당은 이미 인파로 꽉 차 있었고, 좌석에 앉지 못한 학생들이 서서 볼 정도로 혼잡했다.

'정말 많군.'

물론 훨씬 사람이 많은 경기장에 선 적도 있는 터라, 이신은 전혀 겁먹지 않고 강당에 올라섰다.

"와아아아!"

환호와 박수 소리가 대강당을 가득 채웠다.

스태프에게 마이크를 건네받은 이신은 강당 한가운데로 나와 인사를 했다.

"안녕하세요, 이신입니다."

"와아아아!"

"오오오!"

"잘생겼다!"

이신은 모두를 쭉 둘러보며 문득 질문을 던졌다.

"혹시 이거 출석 체크라도 하는 겁니까? 학점과 관련이 있다든지."

"아니요!"

"상관없어요."

여기저기서 대답이 들려왔다.

이신은 고개를 끄덕였다.

"사람이 너무 많아서 놀랐습니다. 뭐 들을 게 있다고 오셨는지는 모르겠지만, 아무튼 환영해 주셔서 감사합니다."

"하하하하!"

학생들이 웃음을 터뜨렸다.

마이크를 든 이신은 앞좌석에 다른 교수들과 함께 있는 아버지를 발견했다.

뜬금없게도 아버지를 보니 문득 재미있는 사실이 떠올랐다.

"그러고 보니 이 자리에 계신 분들은 모두 저보다 학력이 좋군요."

"하하하!"

여기저기서 터져 나오는 웃음.

"별로 관심 없습니다. 여러분들이 저보다 공부를 잘하든 운동을 잘하든. 하지만 여러분들 중에 저보다 게임을 잘하는 사람이 있다면 얘기가 달라지죠. 그때는 전 아마 미쳐 버릴지도 모릅니다. 제게 게임이란 그런 겁니다."

이신이 계속 말했다.

"스페이스 크래프트의 맵을 보면, 한정된 땅에 한정된 자원이 있습니다. 이 자원을 놓고 양측이 서로 경쟁을 벌여 끝까지 살아남는 쪽이 이기는 것이죠."

모두들 고개를 끄덕였다.

요즘 세상에 스페이스 크래프트에 대해 전혀 모르는 사람은 없었다. 한 번도 안 해본 사람도 대충 어떤 게임이라는 것 정도는 알 정도였다.

"그 때문에 경쟁은 피할 수가 없습니다. 서로 사이좋게 자원을 나눠 갖고 발전하여서 나중에는 평화 협정을 맺고 무승부로 끝나는, 그런 이상한 경기는 있을 수 없죠."

이신의 말에 모두들 웃었다.

"가혹하다고 해도 어쩔 수가 없습니다. 승패가 갈리는 그런 전쟁이기 때문에 팬들도 보고 즐거워하는 것이니까요. 그리고 여러분들도 그런 경쟁을 치러 수많은 패배자를 만들며 이 학교에 입학했을 겁니다. 경쟁이란 것은 결국 피하려야 피할 수 없는 현실이 아닌가 싶습니다."

이신의 말이 계속 이어졌다.

"굳이 이런 말을 하는 이유는 제가 여러분께 무언가 강연이랍시고 말씀드릴 수 있는 게 이것밖에 없기 때문입니다. 경쟁에서, 승부에서 이기는 법 말입니다."

이신은 문득 자신의 오른손을 들어 보였다.

"제작년 말에 이 손이 부러졌었습니다. 다시는 회생되지 못할 거라고 의사들이 입을 모았습니다."

이에 장내가 숙연해졌다.

"어찌 보면 손이 좀 불편한 것 말고는 아무 문제없었을 겁니다. 벌어놓은 돈도 많겠다, 왼손 쓰는 법을 연습하면 일상생활도 지장이 없을 테고⋯⋯. 그런데 저는 아등바등 온갖 짓을 다 해서 이 상처를 극복하고 선수로서 돌아와야 했습니다. 왜 그랬을까요?"

이신은 어깨를 으쓱 해보이고는 계속 말했다.

"생각보다 간단합니다. 제게 게임이라는 것이 그렇게 소중했기 때문입니다. 악담을 하고 싶지는 않지만, 언젠가는 여러분도 저처럼 이렇게 극복하고 다시 싸워야 할 날이 한 번씩은 올 겁니다. 아무리 소극적이고 방어적인 플레이를 하는 선수도 결국은 상대와 싸우니까요."

문득 들어 보였던 오른손으로 검지 하나를 세웠다.

"소위 일류라고 불리는 선수들이 있습니다. 그들은 하나같이 공격적이고 승부욕이 강합니다. 욕심이 없고 경쟁에 소극적인데 잘나가는 선수는 애석하게도 없습니다. 그게 현실입니다."

대중 앞에서 말을 함에 있어서 이신은 조금의 긴장감도 두려움도 없었다.

"그렇다고 성격이 다소 거칠고 공격적이어야 성공하느냐 하면 그건 또 아닙니다. 제가 본 일류 프로게이머들 중 상당수는 착하고 겸손한 편이었습니다. 저나 황병철, 신지호 같은 몇몇 예외도 있긴 하지만요."

"하하하!"

"대놓고 말하는 것 봐."

"역시 돌직구 전문."

"신지호, 황병철, 킥킥킥!"

학생들이 연신 낄낄거렸다.

좋은 반응에 이신도 피식 웃어 보이며 말을 이었다.

"단지 그 착한 선수들도 절대로 양보할 수 없는 게 딱 하나 있었을 뿐입니다. 스페이스 크래프트라는 게임 하나가 그 착한 애들을 승리를 위해 뭐든지 하는 독한 승부사로 만듭니다."

장내의 학생들에게서 웃음기가 사라졌다. 이신이 말하고자 하는 주제가 나오고 있었다.

"제가 여러분께 말씀드리고 싶은 한 가지가 바로 그겁니다. 독하고 나쁘고 배짱 있는 사람이 되지 않아도 됩니다. 인생을 바칠 수 있을 정도로 사랑하는 것이 생기면 누구나 저절로 승부사가 됩니다. 그 길을 찾으셔야 합니다."

이신의 말이 이어졌다.

"이것만큼은 누구에게도 지고 싶지 않다! 어떤 대가를 바쳐서든지 계속해서 끝내 성취를 이루고 싶다고 생각하게 만드는 것을 찾으셨으면 좋겠습니다. 그러면 승자가 되는 방법은 간단할 겁니다."

이신의 강연이 이어지는 동안, 이신의 아버지는 옆자리에 앉은 동년배의 사내와 이야기를 나누고 있었다.

"네 아들 정말 출세했군그래."

"그러게."

옆자리에 앉은 동년배의 사내는 중상대 사학과에 재직 중인 김도진 교수. 이신의 아버지와는 동문수학한 사이였다.

김도진 교수가 말했다.

"학교 관둔다고 했을 때 호적에서 파겠다고 네가 노발대발했던 게 엊그제 같은데. 이제 이런 데서 강연까지 하는 걸 보니 아들과 화해는 했나 봐?"

이신이 한국대에 1억 원의 장학금을 보낸 이유 중 하나가 아버지의 면을 세우기 위함이라는 것을 모르는 사람은 없었다.

전통 있는 교육자 집안에서 자란 이신의 출생은 유명한 이야기였다.

그래서 이신과 4명의 제자를 두고 e스포츠 팬들은 금수저 군단이라고 부르곤 했다.

"쯧, 화해고 뭐고 할 게 있나. 결국 지 갈 길을 찾아 간 것뿐인데. 내 고집이었던 게지……."

"하하, 실망 말아. 뭘 하든 저렇게 세계적으로 성공하기가 어디 쉽나. 다들 네 아들 부러워하는데. 휴, 내 딸도 네 아들 발끝만큼이라도 했으면 좋겠다."

"이제 실망 안 해. 그러니까 이 명사 강연하게 한 거고."

아버지는 흐뭇하게 웃으며 말을 이었다.

"그리고 우리 아들, 은퇴하면 다시 공부하겠대. 머리 하나는 좋으니까 입시부터 다시 해도 충분할 거야."

"아니, 왜 입시부터 다시 해? 우리 학교 안 다닌대?"

"응? 그게 뭔 소리야?"

아버지의 눈이 휘둥그레졌다. 김도진 교수가 화를 내며 말했다.

"안 그래도 말을 하려고 했는데, 자네 아들 우리 학교에 입학했다가 곧바로 휴학계 냈잖아. 자네 아들이라서 나도 많이 기대했었는데."

"그랬지. 하도 오래됐는데 이제 잘렸지 싶었는데?"

"휴학을 계속 연장시킨 것으로 처리되었어. 내가 좀 손을 썼지."

이신은 고등학교 3학년 때 입시를 치러서 중상대에 합격했다.

본래 공부에 열중했다면 한국대도 충분히 합격했을 터지만 이미 고3 때부터 게임에 미쳐서 공부는 뒷전이었던 까닭에 성적이 하락하여 중상대로 만족해야 했다.

중상대 또한 서울 소재의 4년제 대학으로 인지도가 꽤 있었기 때문에, 경쟁률이 그나마 떨어지는 사학과에 턱걸이로 간신히 붙었다.

그렇게 중상대에 입학한 이유는 부모님 때문이었다.

입학과 동시에 휴학계를 내버린 이신은 게임에 전념했고, 다시는 학교에 신경을 쓴 적이 없었다.

그래서 이신 본인은 물론 부모님조차도 지금쯤 중상대에서 잘렸을 거라고 생각했다.

그런데 의외의 사실이 중상대 사학과의 김도진 교수의 입에서 나온 것이다.

"자네 아들이 워낙에 세계적인 스타이니까 우리 학교 입장에서도 계속 재적에 두는 편이 좋고, 휴학을 연장시켜 줄 사유도 충분하니까 그렇게 해줬지."

"그럼 언제까지 더 휴학 상태로 있을 수 있는 거야?"

"우리 학교는 5년까지 휴학 연장이 가능해. 자네 아들은 벌써 5년이 지났지만, 중간에 군대 다녀왔잖아. 군 휴학은 그 5년에서 예외로 쳐주거든. 다 계산해 보면, 내년 1학기에는 복학을 해야지?"

"허……."

아버지의 머릿속에 온갖 생각이 스쳤다. 이제라도 다시 아들 이신이 남들처럼 대학을 다니며 공부할 수 있다고?

김도진 교수가 계속 말했다.

"내년 1학기에 복학하면 대학 입시 준비하느라 시간 낭비할 필요도 없고, 중상대가 성에 안 찬다 하더라도, 졸업 후에 한국 대학원에 입학해서 계속 공부하면 되잖아. 안 그래?"

"올해에 은퇴하고 내년 1학기부터 복학해서 공부하면 딱 좋을 텐데……."

하지만 아버지는 이내 한숨을 쉬며 고개를 절레절레 내저었다.

"안 돼. 신이 녀석 내년에 월드 SC 그랑프리 단체전에서 금메달 따는 것까지가 목표야. 선수하랴 감독하랴 바쁠 텐데 아마 못 다니겠지. 정말 아쉽긴 하지만……."

"그게 무슨 걱정이야? 내가 사학과 교수인데 그 정도 편의 하나 못 봐줄까 봐? 성적은 기대할 수 없지만, 출석 정도는 인정해 줘서 계속 학교 다니게 협조해 줄 수 있어."

아버지는 생각이 복잡해졌다.

이신에게 이 사실을 말하면 과연 복학을 하겠다고 할까?

강당 위에서 이신은 강연을 마무리 짓고 있었다.

"변변찮은 제 이야기를 지금까지 들어주셔서 감사합니다."

짝짝짝!

박수가 쏟아졌다.

이신은 고개 숙여 인사한 뒤에 퇴장했다.

아버지도 자리에서 일어났다.

"나도 일어나 볼게. 아들 녀석에게 복학 얘기도 좀 하고."

"그래, 나도 곧 학교로 돌아가 봐야 해. 다음에 시간 나면 술 한잔하자고."

"술 안 마셔."

"하하, 그랬지. 너도 참 여전하네."

김도진 교수와 웃으며 작별한 아버지는 자리에서 일어나 대강당을 떠나며 이신에게 전화를 걸었다.

게임 하나만 바라보며 가파르게 달려왔던 이신에게 여러 가지 인생의 선택지가 주어지고 있었다.

제5장

전쟁

　모두가 기다려 왔던 순간이 왔다.

　개인리그 본선 조 지명식.

　32명의 선수가 4명씩 8개 조로 구성되고, 조마다 2명씩 16강 진출자를 뽑는다.

　조 지명식은 바로 그 조를 구성하는 이벤트였다.

　─자, 이 나라에서 가장 강한 32인이 이 자리에 모두 모였습니다. 누구 하나 만만한 사람이 없는 역대 최고의 개인리그가 예상되는 가운데, 가장 먼저 1조의 시드권자부터 지명을 하겠습니다.

　─1조의 시드권자는 말이 필요 없는 사람입니다. 지난 개인리그의 우승자, 이신입니다!

지난 개인리그 우승자인 이신이 가장 먼저 지명권을 갖게 되었다.

8개 조마다 시드권자가 한 명씩 있는데, 그 시드권자들은 지난 개인리그에서 8강에 진출한 선수였다.

이신은 시드권자들을 제외한 24명의 선수 중에서 한 명을 자신의 조로 지명할 수 있었다.

—자, 이신 선수! 누구를 지명할 생각이십니까?

사회를 맡은 캐스터 이병철이 물었다.

마이크를 받은 이신이 입을 열었다.

—우승까지 긴 여정을 걸어야 하는 입장에서 골치 아픈 상대를 미리 치워놔야겠다는 생각이 들었습니다.

—오, 가장 골치 아픈 상대를 이번 32강의 조별리그에서 미리 치워버리겠다고요?

—예.

—그러면 미리 맞부딪치기보다는 다른 강한 상대와 싸워서 둘 중 하나가 떨어지게 하는 편이 더 좋지 않을까요?

—먼 곳에 보내놔도 결국은 결승까지 올라와 저를 가로막을 상대라고 생각됩니다.

—아, 그렇군요. 그렇다면 각 조의 시드권자들을 제외하고, 이신 선수가 가장 강력한 경쟁자라고 생각되는 선수가 지명을 받을 것 같습니다. 자, 이신 선수! 지명을 해주십시오!

이신이 자리에서 일어났다.

24인의 선수들은 모두 긴장했다.

이신은 선수들의 이름이 새겨진 24개의 명찰을 쭉 둘러보다가 문득 마이크를 들었다.

—차이.

"네?"

가만히 구경하던 차이가 눈을 동그랗게 떴다.

—여기 오기 전에 내가 말한 것 기억나?

스태프가 차이에게 마이크를 가져다주었다.

차이는 고개를 끄덕였다.

—네, 우린 모두 우승후보고 여기서는 같은 팀이 아니라 서로 경쟁자라고요.

—알면 됐어.

이신은 차이의 이름이 쓰인 명찰을 집어 들었다.

그리고 그것을 1조, 자신의 이름 바로 아래에 붙여 버렸다.

"오오오!"

"어어?"

관객석이 술렁였다. 선수들도 깜짝 놀랐다.

놀라지 않은 사람은 이 자리에서 차이뿐이었다.

같은 팀끼리는 되도록 서로 만나지 않도록 지명하지 않는 것이 관례였다.

이신은 그걸 파괴해 버린 것이다.

심지어 자신의 수제자인 차이를 말이다.

같은 팀이고 제자고 뭐고 보지 않는 파격적인 지명이었다.

—아니, 이신 선수! 같은 팀 선수이자 심지어 아끼는 제자인

차이 선수를 지명했습니다! 정말 실수가 아닙니까?

―예, 진심으로 골랐습니다.

―아, 스스로 키운 제자인데 이번 대회에서 빛을 보게 하고 싶지는 않으십니까?

―그런 생각은 오늘 이 자리에 온 순간부터 집어치웠습니다. 차이도 나를 물어뜯기 위해 벼르고 있었을 겁니다. 그렇지?

―네.

차이가 웃으며 대답했다.

차이는 도리어 지명받은 것을 기뻐했다. 이신이 조 지명식부터 견제하는 것은, 강력한 적수로 인정했다는 뜻이었기 때문이다.

―더 높은 곳에서 다전제에서 붙고 싶다는 생각은 해보지 않으셨습니까?

캐스터 이병철의 질문에 이신은 웃음을 띠었다.

―나이가 나이이다 보니 점점 이기기 위해 수단 방법을 안 가리게 되더군요. 난 청출어람을 원하는 마음 좋은 스승이 못 됩니다.

"오오오오!"

"와아아아!"

팬들의 환호가 잇달았다. 첫 지명부터 전혀 예상치 못했던 흥미로운 전개였다.

두 번째 지명은 지난번의 준우승자인 신지호였다.

신지호는 평범하게 MBS의 괴물 플레이어 최찬영을 지명해

2조로 데려왔다.

지난 개인리그에서 4강에 진출했던 박영호는 쌍성전자의 신족 플레이어 남궁민재를 지명.

마찬가지로 4강 진출자인 최영준은 존을 지명했다.

—신족을 상대로 약한 것 같아서 지명하게 되었습니다.

본선 첫판부터 광기신족과 붙게 된 존은 울상이 되어버렸다.

그밖에도 8강 멤버인 광전사 오광태는 주디를 지명했다. CT의 에이스로 명성을 떨치는 괴물 플레이어 이철한은 JKT의 신족 플레이어 장민태를 지명했다.

다른 시드권자들도 각각 지명을 한 가운데, 지명 순서는 이제 1조로 뽑힌 차이의 차례가 되었다.

—자, 차이 선수. 지난번에 쌍성전자를 올킬시킨 대활약으로 일약 스타가 되셨는데요, 스승의 지명을 받은 소감이 어떠십니까?

—저를 강력한 적수로 인정해 주셔서 너무 뿌듯합니다. 저도 기쁜 마음으로 스승님을 떨어뜨리기 위해 제 지명권을 쓰도록 하겠습니다.

—아, 사제 대결이 조 지명식부터 치열하게 전개되네요. 정말 특이한 사제지간입니다. 혹시 평소에 한집에서 같이 살면서 스승님이 괴롭히거나 그러지는 않습니까?

—그렇지 않습니다. 음식 투정도 안 부리시고요.

차이의 말에 관객석에서 웃음이 퍼져 나갔다.

캐스터 이병철은 웃으며 이번에는 이신에게 물었다.

─이신 선수, 제자가 아주 위험한 야심을 품고 있네요. 혹시 차이 선수가 평소에 밥에다가 독을 풀거나 하지는 않습니까?

"깔깔깔!"

"독이래."

관객들도 선수들도 웃었다.

─싱거운 미나리무침으로 가끔 저를 괴롭히곤 합니다.

이신의 대답에 웃음은 더욱 커졌다.

─자, 싱거운 미나리무침을 즐겨 만드는 차이 선수! 지명을 해주세요!

웃음소리와 함께 차이가 사뿐사뿐 소풍 나오듯이 해맑게 무대로 나왔다.

그리고 해맑은 얼굴 그대로,

"어어어?!"

"오오오!"

"우와아아!"

"미쳤어!"

경악성이 터져 나왔다.

차이는 아주 해맑게, 황병철의 명찰을 집어 1조의 세 번째 칸에 넣어버린 것이다!

이신, 차이, 황병철!

1조가 한순간에 죽음의 조가 되어버렸다. 경악의 도가니가 된 가운데, 캐스터 이병철이 놀라서 물었다.

─아니, 차이 선수! 황병철 선수를 지명하다니, 이게 무슨 일이니까?

─진지하게 계산을 해보고 내린 제 답이었습니다. 선생님을 떨어뜨리기 위해 누구보다도 가장 선생님을 이기기 위해 연구해 온 황병철 선수를 투입하기로 했습니다.

─아, 정말 무서운 제자입니다. 스승을 떨어뜨려 버리기 위해 스승의 천적을 불러들였습니다! 그런데 정작 차이 선수는 황병철 선수를 감당할 수 있겠습니까?

─네.

차이는 간단한 대답으로 다시 관객들의 환호를 받았다.

그렇게 각 조의 2번째 선수들이 모두 지명권을 사용한 가운데, 이제 순서가 1조의 3번째 선수 황병철에게 돌아왔다.

─자, 스승을 떨어뜨리려는 제자의 음모에 이용된 황병철 선수! 소감이 어떠십니까?

─그건 지명으로 보여드리겠습니다.

황병철이 짤막하게 대답했다.

이윽고 황병철이 무대 위로 성큼성큼 걸어 올라갔다. 그러고는,

─오!

캐스터 이병철이 감탄했다.

관객들이 박수를 쳤다. 황병철이 지명한 선수는 바로 사나다 료였다.

올도어SCC의 무패행진을 이끄는 주역 중 한 명으로, 마술

같은 운영과 항공모함 컨트롤로 명성을 떨친 사나다 료를 말이다!

새로 나타난 강자로 인정받고 있는 사나다 료까지 합류하자, 1조는 그야말로 완벽한 죽음의 조가 되어버렸다.

이신, 차이, 황병철, 사나다 료!

32강에서 볼 수 있는 가장 소름 끼치는 조합이었다.

당황스러운 심정을 너털웃음으로 표현하는 사나다 료의 모습이 대형 화면에 잡혔다.

—와! 사나다 료 선수까지 1조에 합류하게 되었습니다. 사나다 료 선수는 재작년에 전 일본 선수권대회에서 우승한 대단한 선수로 올도어SCC에 합류하면서도 맹활약을 보인 바 있습니다! 황병철 선수, 한 말씀 부탁드립니다.

황병철이 마이크를 잡았다.

—두 놈……

첫 마디를 내뱉었다가 황병철은 꾸벅 고개 숙여 사과를 표하며 다시 말했다.

—저 두 선수의 행태가 가관이라 아주 지옥을 선사해야겠다는 생각이 들었습니다.

"푸하하하!"

"우와아아아!"

"황병철! 황병철!"

"이단자 만세!"

—아아, 32강전부터 1조를 올도어SCC의 내전으로 만들기로

작정하셨던 겁니까?

—그런 심보도 있지만, 일단 괴물인 제가 상대하기 쉬운 신족 중에서 저 두 사람도 꺾을 수 있는 저력을 가진 선수를 고르게 되었습니다. 사나다 료 선수는 그만한 저력이 있고, 같은 팀이니 두 사람에 대해 잘 알 거라고 생각합니다.

다른 조의 선수들은 혀를 내둘렀다. 1조의 구성이 그야말로 헬(Hell)이었기 때문이었다.

—이신 선수와 차이 선수도 이번 조 구성에 대해서 소감 한 말씀씩 부탁드리겠습니다.

먼저 이신이 입을 열었다.

—재미있게 되었습니다. 기대됩니다.

이어지는 차이의 소감.

—료 형에게는 조금 미안한 생각도 들지만, 선생님을 위협할 수 있는 또 한 사람이 합류해 주어서 기쁩니다.

그리고 사나다 료가 매우 유창해진 한국말 솜씨로 말했다.

—예, 많이 당황스럽긴 하지만 괜찮습니다. 결국은 부딪쳐야 할 상대들이었습니다. 강한 적을 모두 운 좋게 피해 다니며 높은 곳까지 올라가고 싶지는 않습니다. 그렇게 얻은 좋은 성적이 자랑스럽지도 않고요. 그리고 제 각오를 말씀드리자면……

사나다 료는 매력적인 웃음과 함께 차이를 보며 말을 이었다.

—차이, 내게 미안한 생각을 가질 필요 없어. 조만간 내가 너에게 미안하게 될 거야.

차이도 웃었다.

도전과 승부욕으로 가득한 1조의 선수들에게 관객들은 열렬한 갈채를 보냈다.

1조의 네 사람이 보여준 지명과 인터뷰는 강적을 두려워하지 않는 투혼이 있었다.

그날, 인터넷뉴스가 조 지명식에서 벌어진 사건으로 도배되었다.

―'게임의 신' 이신이 촉발시킨 전쟁 같은 조 지명식! 팬들의 열광 잇따라

―서로에게 칼날을 들이대는 사제!

―조 지명식부터 심상치 않은 사제 대결에 팬들의 기대감 만발!

―한국 e스포츠 사상 최악의 죽음의 조!

―사제대결, 신과 이단자의 전쟁, 한국과 일본의 최강자 대결! 기대 만발한 개인리그 본선 1조!

―죽음의 1조, 생존자는 누구일까?

흥분한 네티즌들의 반응도 아주 뜨거웠다. 며칠이 지나도 죽음의 1조에 대한 이야기가 끊이지 않았다.

―우와, 1조 구성 완전 예술이다.

―이신은 피도 눈물도 없고, 차이는 독하고, 황병철은 대담했다.

—사나다 료 : 난 무슨 죄냐ㅠㅠ

—ㅋㅋㅋㅋㅋ료 불쌍해.

—차이도 만만찮게 독한 놈이더라. 황병철을 지명할 생각을 다 하지ㅋㅋ

—내가 볼 때 신과 이단자가 16강 올라간다. 차이는 이신에게 지고 패자전에서 사나다 료 이기고 올라가서 황병철한테 지겠지. ㅇㅈ?

—내가 보기에 신께서 처음으로 탈락의 굴욕을 당할지도 모르겠다.

—다른 조 선수들 : 아싸 개이득!

—죽음의 1조고 나발이고, 주디 파이팅♡

—신지호가 1조를 보고 좋아합니다.

—저 난리를 틈타 쌍영은 꿀을 빨았다.

—박영호가 제일 이득 본 거 아니냐?

—신 님 이기세여ㅠㅠ

이 같은 한국의 뜨거운 반응에, 이신을 주목하는 전 세계 e스포츠계도 1조의 승자가 누가 될지 주목하기 시작했다.

특히나 스승을 향해 칼을 뽑은 차이는, 이신이 직접 기른 수제자였기에 외신이 흥미를 느낄 만한 스토리가 있었다.

태국에서는 자국 출신 선수인 차이를 응원하는 목소리가 매우 높았다.

한국 e스포츠 협회는 팬들의 뜨거운 반응에 입이 귀에 걸렸다.

핫한 매치가 너무 빨리 성사된 것은 아쉬웠지만, 어쨌거나 개인리그의 흥행은 이제 보장된 것이나 다름없다는 것이 중론

이었다.

"난 이제부터 당분간 집에서 훈련을 하지 않겠다. 너희는 알아서 해."

이신은 그렇게 통보를 했다. 이제부터는 제자들마저 적으로 여기고 아무런 정보도 주지 않겠다는 통보였다.

"저도 그렇게 할게요."

차이도 동의했다.

이신과 눈이 마주치자 차이는 씨익 미소를 지어 보였다.

이신도 가볍게 웃고는 서재로 들어갔다. 수많은 선수들의 분석 파일이 저장되어 있는 이신의 작전기지였다.

"저 서재에 들어가 본 적 있어?"

차이가 문득 물었다.

존도 주디도 고개를 저었다.

이신이 딱히 서재의 출입을 금한 적은 없었다. 하지만 이신이 홀로 조용히 생각하는 곳이 주로 서재였기 때문에 제자들은 암묵적으로 그곳의 출입을 꺼리고 있었다.

차이는 의미심장하게 웃으며 말을 이었다.

"저곳에 나를 분석한 파일도 꽂혀 있을까?"

"있을 거라고 봐. 우리가 자고 있을 때 선생님은 밤늦게까지 키보드를 타이핑하면서 어떤 문서를 작성하시는 눈치였거든. 그걸 매일같이 하시면 우리에 대한 것도 있지 않을까?"

존이 말했다.

차이는 가만히 고개를 끄덕였다. 무슨 생각을 하는지 차이의 입가는 계속 미소를 띠고 있었다.

"자신 있는 거야?"

그런 차이의 표정을 살피던 주디가 문득 물었다.

선생님을, 저 위대한 이신을 이길 자신이 있냐는 질문이었다.

"걱정돼?"

차이가 도발적으로 물었다.

주디는 온화하게 웃었다.

"천만에. 선생님은 분명 즐거워하실 거야. 이겼을 때보다 졌을 때 더 좋아하실 거라고 봐."

이신은 자신보다 강한 상대를 오랫동안 찾아다녔다. 그런 상대가 마침내 나타난다면 이신은 전례 없던 강렬한 자극을 느끼리라.

'그런 일이 생긴다면 선생님은 또다시 강해지실 거야.'

주디는 그런 이신의 심리를 잘 이해하고 있는 유일한 여자였다.

이신에게 매료되어 이신의 일거수일투족을 따라 했고 심지어 그의 아바타가 되어서 훈련받으면서, 주디는 어느새 세상에서 가장 그를 잘 이해하는 여자가 된 것이었다.

*   *   *

아버지가 했던 말이 떠올랐다.

'복학할 수 있다고?'

해당 학과의 교수가 아버지와 막역한 사이였다니 더 잘됐다.

학교 다니면서도 계속 선수 생활을 문제없이 할 수 있도록 배려를 해줄 것이다.

'갑자기 이렇게 일이 잘 풀리는군.'

하지만 마냥 기쁘게 받아들일 수가 없는 것이 이신의 솔직한 심정이었다.

은퇴를 고려하자 마치 기다렸다는 듯이 척하고 새로운 진로가 주어진 것이다.

자, 이 길을 걸어오면 돼.

이제 안심하고 은퇴하도록 해. 모든 게 다 잘 풀릴 거야.

이신은 마치 은퇴를 종용받는 듯한 기분을 느낄 수밖에 없었다.

문득 서재를 둘러보았다.

책장에 꽂힌 수많은 선수의 분석 파일들.

그만 피식 웃음이 나왔다.

저 많은 선수들 중 아직까지 활동하는 이는 몇이나 될까?

이신은 책장에 꽂힌 파일을 하나씩 꺼내 보았다.

'은퇴했지.'

훑어보고서 은퇴하거나 이미 1군 주전에서 밀려난 선수의 것을 하나둘 테이블에 쌓았다.

산더미 같은 파일이 쌓였다.

그것은 마치 쇠락한 프로게이머의 무덤과도 같았다.

"……"

이신은 가만히 그것을 바라보더니 이내 웃었다.

이제 네 차례다, 이 무덤에 네가 합류할 때가 서서히 다가오고 있다, 그렇게 말하고 싶은 것인가?

좋다. 어디 한 번 나를 끌어내려 봐라. 이 이신을 권좌에서 추락시켜 보아라. 그게 가능하다면 말이다.

*   *   *

프로리그 2라운드, 올도어SCC의 다음 상대는 바로 MBS였다.

1라운드를 종합 5위로 마감한 MBS.

지난 이적 시즌에 특별히 영입한 선수는 없었지만, 방진호 감독과 선수들의 각오가 상당한지 부진했던 작년과는 다른 면모를 보이고 있었다.

게다가,

"우리 주전 멤버 거의 전원이 개인리그 본선을 준비하고 있어."

선수 겸 코치 겸 전략 팀장 박진수가 말했다.

"그만큼 오늘 프로리그 경기에 집중을 못 했을 거라고 생각할 거야."

"그건 사실이고."

최환열이 고개를 끄덕이며 동의했다.

"스탠더드한 게임이라면 선수 개개인의 역량상 우리의 압승이지. 당연히 저쪽은 특별한 전략을 준비했을 공산이 커. 우리가 개인리그 때문에 프로리그 준비를 많이 못 했다는 점을 파고들겠지. 내가 MBS 감독이라면 그렇게 해."

"그래서 지금이 적기라는 거군."

이신이 중얼거렸다.

박진수는 고개를 끄덕였다.

"응. 저쪽에서 생각 못 했던 선수를 하나 내보내서 흔들어야지. 지금이 딱 데뷔시키기에는 적기야."

2021년을 맞이해서 프로리그에서 투혼을 발휘하고 있는 MBS.

이에 대항하여 올도어SCC는 그동안 아껴왔던 비밀 병기를 꺼내 들었다.

그동안 무패 가도를 달려왔는데 MBS에게 발목 잡히지 않겠다는 의지 표명이었다.

올도어SCC의 비밀 병기. 그것은 바로 연습생에서 1군으로 올린 장양이었다.

1세트, 장양 대 박신의 경기가 시작되었다.

경기를 지켜보는 방진호 감독의 표정이 좋지 않았는데, 역시나 장양의 출전은 예상 못 했던 모양이었다.

그래도 인류 대 괴물.

종족 상성상 박신이 충분히 해볼 만한 게임이 되지 않을까 예상했다.

박신은 과감하게 8병영 빌드를 시도했다.

8번째 건설로봇으로 병영을 짓고 곧바로 보병을 뽑아 일꾼을 동반한 공격을 시도하는 기습 작전이었다.

하지만,

"이겼어."

그걸 보고서 이신이 나직이 확신했다.

최환열도 그걸 보며 껄껄 웃었다.

"장양한테 저건 웬만해서는 안 통하지. 나한테 하도 당하면서 연마됐거든."

예상대로였다.

일벌레 6마리로 맞선 장양은 거의 초정밀 기계 같은 컨트롤로 정확하게 보병을 먼저 잡아냈다. 그리고 부채꼴로 펼친 대형으로 계속 전진, 뒤이어 생산되어 달려오는 보병을 또다시 잡아내 버렸다.

컨트롤에 있어서 한 치의 오차도 없는 장양!

컨트롤, 멀티태스킹, 계산 능력에 있어서는 거의 완전체라고 봐도 무방한 장양!

생산된 바퀴와 함께 역습을 간 장양은 인류의 본진 수비를 간단하게 박살 내놓았다.

—Good_jjab : GG.

박신에게서 GG를 받아낸 장양은 조금은 뚱한 표정으로 팀 벤치로 돌아와 이신을 바라보았다.

"허무하게 끝나서 아쉬워?"

이신의 물음에 장양은 고개를 끄덕거렸다. 이신은 그런 장양의 머리를 슥슥 쓰다듬었다.

"그럴 때도 있는 거야. 승리는 승리야."

"그래도 프로리그 데뷔전이었는데 아쉽겠네. 뭔가 좀 더 멋진 장면을 만들어냈으면 좋았을걸."

2세트, 주디는 오랜만에 패배를 기록했다. 상대는 바로 함께 이신에게 배웠던 정다울이었다.

그동안 실력이 많이 늘었던 정다울이었기에 주디도 방심하지 않고 임했지만 빌드 상성이 심하게 엇갈렸다.

정다울은 센터 2참회실의 초반 러시. 주디는 초반에 무방비 상태인 생 더블이었다.

결국 허무하게 지고 돌아온 주디는 고개를 숙인 채 벤치 구석에 처박혔다.

"내 차례군."

3세트 차례가 되자 이신은 자리에서 일어섰다.

MBS 측은 인류 플레이어 김영표가 출전했다.

인류 대 인류전에 강한 선수로, 방어 위주의 소극적인 플레이에 개성도 없어 수면제 인류라는 별명을 가진 MBS의 전형적인 투명망토군단의 일원이었다.

'마침 잘됐군.'

이신은 내심 차이를 의식했다.

개인리그 32강 첫 경기에서 이신은 차이와 한판 붙게 된다.

때마침 상대가 인류. 심지어 맵도 똑같은 '투지'였다.

아마 차이는 이 경기에서 이신이 김영표를 어떻게 격파하는지 유심히 살펴볼 것이다.

그렇다면 차이에게 많은 정보를 줘서는 안 된다.

'역이용하자.'

마치 보란 듯이, 이신은 신족을 골라 버렸다.

—아! 신족을 선택한 이신 선수!

—예, 이신 선수에게는 인류만 있는 게 아닙니다! 인류 하나도 강한데, 이제 신족도 하고 괴물도 해요!

—인류 대 인류전을 잘하는 김영표 선수에게 떡하니 신족을 꺼내 드는 이신 선수! 김영표 선수는 신족한테 약하거든요! 아아!

—신의 아성을 위협하는 수많은 적수가 탄생했습니다만, 이신 선수를 상대하기란 더 골치 아파졌어요! 뭐 저렇게 생겨먹은 선수가 다 있나요?!

내 신족을 어떻게 상대할 것이냐?

이신은 그렇게 김영표가 아닌 차이에게 묻고 있었다.

거신병기가 정찰기와 함께 맵을 활보하며 곳곳에 매설된 지뢰를 제거해 센터를 장악했다.

계속 센터를 휘어잡고 상대를 압박.

그러면서 확장 기지를 가져가고, 추가 병력을 뽑아 센터로 합류시킨다.

센터를 돌아다니는 병력 덩어리가 눈덩이처럼 점점 커져갔다.

손지훈의 주특기인 스노우볼 운영이었다.

이신이 굴리는 스노우볼은, 정말 눈 쌓인 비탈길을 굴러가는 눈덩이처럼 기하급수적으로 불어났다.

김영표도 그 스노우볼이 계속 커지게 가만 놔둬서는 안 된다는 걸 알고 있었다.

그래서 병력이 한계까지 모였을 때, 일제히 치고 나왔다.

그때마다 눈덩이를 굴리는 이신의 솜씨는 절묘하기 짝이 없었다.

정면충돌을 피하며 병력을 우회시켰다.

그러면서 도리어 역으로 김영표의 확장 기지를 치며 빈집털이를 하려는 모션을 취했다.

김영표가 어쩔 수 없이 병력을 회군시켜 방어하자, 얄밉게도 썰물처럼 후퇴했다.

그 같은 방식으로 계속 시간을 벌면서, 이신은 확장 기지를 계속 추가해 나갔다.

지속적으로 센터를 돌아다니며 곳곳을 압박해 인류를 꼼짝 못 하게 만드는 이신의 운영은 완벽에 가까웠다.

*   *   *

"차이야. 이신 이기고 싶지?"

박진수가 문득 물었다.

"당연하죠."

이신의 플레이를 지켜보던 차이는 고개를 끄덕였다.

"그럼 저 신족을 이겨야 해."

그 말에 차이는 씨익 웃었다.

"32강전에서 선생님은 제게 신족을 안 쓸 거예요. 지금 건 그냥 저를 긴장시키려고 신족을 보여주시는 거죠."

이에 대해서 박진수는 별반 반박을 하지 않았다.

이신을 가장 잘 아는 건 차이라는 생각이 들었기 때문이다.

"32강은 그렇다 쳐도 계속 올라가서 다전제에서 또 마주치면 결국 신이는 네게 신족을 꺼내 들 거야."

"그렇겠죠."

"그럼 저 아바타를 잘 봐."

두 사람은 이신이 병력과 함께 데리고 다니는 아바타 2기에 주목했다.

센터를 활보하던 이신의 병력 덩어리가 6시 확장 기지를 공격했다.

김영표는 본진 병력을 움직여 그쪽의 방어선에 전력을 실었다.

시작되는 싸움!

—퍼퍼퍼펑!

—으악!

―아악!

―콰르릉! 퍼어엉!

대병력끼리 맞붙은 대회전!

"잘 봐. 아바타는 마법을 안 쓰고 있지?"

박진수의 지적대로였다.

아바타 2기는 가만히 있었다.

보통은 봉인 마법을 펼쳐 상대의 기동포탑들을 봉인시켜 버릴 텐데 말이다.

이신은 계속 싸우지 않았다. 적당히 병력 교환만 한 뒤에 일제히 후퇴했다. 굳이 여기서 승부를 볼 필요가 없었기 때문이었다.

"이런 식으로 계속 병력 교환을 할 생각이군요? 자원을 많이 먹은 신족이 병력 물량 회전이 훨씬 빠르니까요."

차이의 말에 박진수는 고개를 저었다.

"최영준이라면 그렇게 했겠지. 미친 물량으로 계속 몰아치면서. 하지만 저건 최영준이 아니라 이신이야."

병력이 썰물처럼 후퇴할 때, 문득 아바타가 김영표의 본진으로 날아가기 시작했다.

"……!"

차이의 두 눈이 커졌다.

한 번 충돌을 일으켜 김영표의 병력을 끌어들였다.

그리고는 본진으로 파고드는 아바타 2기!

김영표의 본진에 파고든 아바타 2기가 소환 마법을 펼쳤다.

후퇴하던 이신의 병력들이 삽시간에 상대방의 본진 안으로 소환되었다!

—와아아! 이신 선수의 날카로운 찌르기!

—정말 말도 못하게 날카롭게 소환이 들어갔습니다. 아까 싸움이 벌어졌을 때 아바타가 마법 에너지를 아끼고 있었거든요! 바로 이걸 위해서였습니다. 이렇게 빈틈이 보이면 찌르려고 호시탐탐 기회를 엿봤던 겁니다.

—상대의 본진을 장악한 이신 선수! 병력이 생산되는 기갑정거장부터 파괴하기 시작합니다! 자칫 이거 한 방에 게임이 끝납니다!

김영표의 얼굴에 당황한 기색이 역력했다.

급히 병력을 본진으로 되돌렸다.

스피드가 빠른 고속전차들이 먼저 본진에 도착했다. 고속전차들은 신족 병력에게 달려들어 지뢰를 마구 매설했다.

하지만,

"와아아아아아!!"

"오오오!!"

"이신! 이신! 이신!"

열화와 같은 탄성이 터져 나왔다.

거신병기들이 미친 듯이 무빙을 당기며 지척에 깔린 지뢰를 족족 제거했다.

순간적으로 거신병기를 4개씩 드래그해 지뢰 하나를 클릭하는 컨트롤!

이점사, 삼점사, 사점사!

지뢰가 모조리 제거되었다. 고속전차들이 맥없이 파괴됐고, 지뢰는 단 1개도 제대로 들어가지 않았다.

"사람이 아니야, 저건."

"컨트롤이 개사기잖아."

"저걸 무슨 수로 이겨?"

MBS 측은 망연자실한 표정들이 되었다.

반면에 올도어SCC는 환호가 터져 나왔다.

에이스이자 감독인 이신의 슈퍼 플레이에 사기가 고조되었다.

하지만 심각한 표정을 하고 있는 사람도 있었다.

차이는 전율에 휩싸여 있었다.

"역시 선생님은 위대해요."

"봤지? 똑같은 풀 병력도 컨트롤을 저렇게 해버리면 신족은 개사기가 돼."

박진수가 말했다.

"신족은 철갑충차나 대사제, 아바타 등 변수를 일으키는 유닛이 아주 많아. 심지어 신이는 사략기의 전파방해까지 쓰지."

"역시 강하네요, 선생님의 신족은."

"예측불허의 변수를 터뜨리는 모든 유닛이 신이가 컨트롤하면 완벽하게 돼. 차이, 넌 결국 저걸 넘어야 우승을 할 수 있어."

차이는 이신의 플레이에 너무나 압도된 나머지 씨익 웃었다.

저런 상대를 넘어서야 한다.

그게 차이에게 주어진, 신으로부터 받은 소명(召命)이었다.

*　　　　*　　　　*

4세트에 출전한 선수는 존이었다.

상대는 바로 최찬영. 올해 전반기 개인리그 본선에 진출한 최찬영은 기량이 나날이 상승하여 MBS의 에이스나 다름없었다.

하지만 존 또한 괴물전의 스페셜리스트.

존은 최근 e스포츠에서는 좀처럼 보기 힘든 후반 병영 체제를 선보였다.

업그레이드가 풀로 된 보병·의무병·화염방사병을 후반까지 주력으로 쓰는 까다로운 체제였다.

손이 매우 많이 가기 때문에 요즘 시대에 저걸 제대로 펼칠 수 있는 인류 플레이어는 극소수였다.

존은 심지어 병영 병력에 전함을 조합하는 스페셜한 빌드 오더로 팬들을 즐겁게 해주었다.

"쟤는 저렇게 어려운 건 잘하면서 왜 기갑을 못하는 거야?"

박진수가 고개를 갸웃거리며 물었다.

이신이 말했다.

"고속전차는 잘 써. 기동포탑을 못하는 거지."

"거 참 희한하네. 저렇게 컨트롤 까다로운 짓거리는 잘하면서."

디펜시브 실드에 감싸인 화염방사병들이 돌입해 괴물 병력을 화염으로 녹여 버리기 시작한다.

땅속에서 촉수를 뻗는 촉수충들의 공격을 지그재그로 피하는 미친 컨트롤!

"성질이 급해서 그래."

이신이 간단히 답했다.

보병이나 고속전차처럼 빠른 유닛은 잘 쓴다. 하지만 기동포탑은 느리다. 포격모드로 하면 움직이지도 못한다. 때문에 성질이 급한 존은 서툰 것이었다.

"평소 성격이랑 정반대네."

"인성과 게임 성격은 관계가 없으니까."

"널 보면 관계가 있는 것 같기도 한데……."

"……."

3-1로 승리를 굳힌 뒤, 이신은 방진호 감독과 악수를 하며 대화를 나눴다.

"이 나라 리그에 그 정도 전력은 너무한 것 아니냐?"

"그랑프리 단체전 우승을 목표로 하고 있으니까요."

"돈 많은 전 세계 팀들이 니네 애들 노릴 텐데 지킬 수나 있겠어?"

한국에 세계적인 강팀이 있을 수 없는 이유.

바로 뛰어난 기량을 가진 선수를 탐내는 외국 자본 때문이었다.

선수들도 프로인 이상 더 대우 조건이 좋은 외국에 진출하는 것을 선호할 수밖에 없었다.

"진영이나 료는 모르겠지만, 제 제자들은 다 금수저라 돈에 연연하지 않습니다."

이신의 덤덤한 대꾸에 방진호 감독의 얼굴이 일그러졌다.

'재수 없는 것들!'

게임 잘하는 놈들이 외모는 물론 태생도 우월하니 짜증이 치밀었다.

*　　　　*　　　　*

경기를 마치고 연습실로 돌아온 선수들은 휴식이 주어졌음에도 다들 훈련에 매달렸다.

특히 개인리그 32강에서 1조에 소속된 선수 3인은 각자 연습 상대를 하나씩 붙잡고 준비를 시작했다.

"난 집에서 훈련하지. 차이, 너는 연습실에서 하도록 해. 서로 연습 광경을 보여서 좋을 게 없으니까."

"네."

차이가 고개를 끄덕이며 동의했다.

"주디, 따라와."

"네!"

눈을 동그랗게 뜬 주디는 묘하게 신이 난 표정으로 쫄레쫄레 이신의 뒤를 따랐다.

이신은 차이와 가장 스타일이 비슷한 주디를 연습 상대로 선택한 것이었다.

그렇게 이신이 주디와 함께 귀가해 버리자, 차이는 박진수와 존, 한태화를 붙잡았다.

"다들 연습 좀 부탁드릴게요."

차이는 이신, 사나다 료, 황병철 등과 한 조였기 때문에 연습 상대로 세 종족이 필요했다. 심지어 이신은 3종족을 전부 구사하니 말이다.

"그럼 서로 로테이션으로 하자. 나도 본선 첫 상대가 최영준이라 신족 상대로 훈련을 좀 해야 해."

"그럼 내가 차이랑 존 두 사람과 연습을 해주면 되겠군."

박진수가 연습을 조율했다.

그렇게 차이도 연습을 시작했다.

사나다 료는 경기장에서부터 미리 졸라서 포섭해 놓은 유진영과 연습을 했다.

사나다 료로서는 일단 첫 상대인 황병철부터 꺾어야 한다는 부담이 있었다.

'황병철을 반드시 꺾어야 해.'

황병철에게 지면, 16강 진출을 위해 이신과 차이를 모두 격파해야 한다는 엄청난 난이도의 미션이 생겨 버린다.

게임의 신이라 불리는 이신은 말할 필요도 없는 상대. 그리고 차이 또한 요즘 들어 완전무결하다는 표현이 적합할 정도로 기량이 절호조였다.

'어쩌면 감독님보다 차이가 더 힘든 상대가 될 수도 있어.'

사나다 료는 울상이 되었다.

"왜 그래?"

그 표정을 본 유진영이 물었다.

사나다 료는 머리를 싸쥐며 괴로워했다.

"형, 전 왜 이런 조에 끼게 된 걸까요? 16강 못 갈 것 같아요."

"그건 다 네 팔자지. 그만 징징거리고 일단은 황병철부터 꺾을 생각을 하자. 황병철이 의외로 올인만 조심하면 할 만해."

유진영은 사나다 료를 토닥거려 주었다.

하지만 연습이 시작되자 사나다 료는 언제 위축되었냐는 듯이 눈빛에 투지가 어렸다.

'나도 전 일본 우승자 출신이라는 자존심이 있어. 이변을 보여주지.'

개인리그 32강 본선 제1조. 올도어SCC의 3인을 중심으로 전쟁이 예고되고 있었다.

＊　　　　＊　　　　＊

개인리그 32강 1조의 경기 시작을 하루 앞두고 한국 e스포츠계에 여러 가지 소식이 들려왔다.

—마이클 조셉 방한, "카이저의 경기를 현장에서 보고 싶어

서 왔다"

　―마이클 조셉에 이어 엔조 주앙도 방한. "월드 톱클래스의 경기가 펼쳐질 것이라 기대된다"

　―월드 스타급 프로게이머들도 '죽음의 1조' 경기 관람을 위해 속속 방한

　―세계 유수의 명문 팀 관계자들이 한국에 몰려오는 까닭은?

　그랬다.

　죽음의 1조는 전 세계 e스포츠의 관심사였다.

　이미 오랫동안 스페이스 크래프트의 헤게모니를 독점하고 있었던 이신.

　모든 스포츠를 통틀어도 이처럼 오랫동안 절대무적인 채 권좌에서 물러나지 않는 선수는 드물었다.

　그런데 그런 이신이 경계하는 적수가 나타났다.

　바로 이신 자신이 키워낸 수제자 차이였다.

　그래서인지 프로게이머들은 물론이고 세계 최정상에 있는 명문 팀의 관계자들이 한국을 찾아오고 있었다.

　그들은 향후 이신의 뒤를 이어 최정상의 선수가 될 가능성이 있는 차이를 직접 보기 위해서 찾아왔다.

　뿐만 아니라 사나다 료 또한 훌륭한 경기력으로 많이 어필한 선수였다.

　돈이 많은 명문 팀들은 곧 있을 이적 시즌에 대비하여서 벌

써부터 올도어SCC의 주전 선수들에게 눈독을 들이고 있었다.

'올도어SCC에는 향후 톱클래스에 등극할 유망주들이 많다.'

'카이저의 제자들을 잡아야 한다!'

'차이는 향후 세계 정상에 설 것이다. 저 어린 나이에도 벌써 카이저를 위협하고 있지 않은가.'

'장양이라는 중국 출신의 선수도 피지컬이 놀랍다.'

관계자들이 주목하는 것은 차이가 카이저를 상대로 얼마나 선전할 수 있느냐다.

이신에 대한 세계 팀들의 공포증은 상당했다.

심혈을 기울여 키워낸 팀의 선수들이 이신에게 단 1세트 따내는 것조차 힘들 정도였다.

이신이 손목 부상으로 잠시 떠나 있었던 동안 세계 e스포츠는 계속 발전을 해왔다.

이제는 이신을 어느 정도 따라 잡았다고 생각했다.

하지만 그런 생각을 뒤바꿔 놓은 것이 바로 지난번의 월드 SC 올스타전이었다.

혼자 남은 이신이 상대 올스타 5인을 상대로 역 올킬을 해버렸을 때, 세계는 다시 한 번 충격에 휩싸였다.

'카이저는 전보다 더한 괴물이 되어버렸다.'

'인류 하나로도 강했던 카이저가 이제는 3종족을 다 쓴다.'

'이제 월드 SC 그랑프리 개인전 금메달을 따려면 카이저가 은퇴하길 기다리는 수밖에 없다.'

전 세계 e스포츠 관계자들은 이번에 한국에서 열리는 개인리그 본선에서 보고 싶어 했다.

　이신을 왕좌에서 퇴위시킬 수 있는 새로운 별의 출현을 말이다.

　"이중에 내가 패배하기를 바라는 작자들이 꽤 많겠군."

　경기장으로 향하는 롤스로이스 팬텀의 뒷좌석에 이신이 태블릿PC로 뉴스를 보며 중얼거렸다.

　옆에 함께 탄 최환열이 낄낄거렸다.

　"뭘 새삼스러운 소리를 하냐? 네가 어디 우승을 한두 번 해 먹었어야지. 오죽하면 네가 진 경기는 무조건 명경기라고 하겠냐? 이제 슬슬 뉴 페이스를 바라는 사람들도 있는 거지."

　"내가 지면 사람들이 좋아하는 건가?"

　"그래서? 사람들이 원하니까 져주기라도 할 거냐?"

　"……."

　이신은 잠시 침묵했다.

　무슨 생각을 하는지 곰곰이 생각에 잠겨 있던 이신이 한참 뒤에 입을 열었다.

　"나 대학에서 아직 안 잘렸대."

　"그게 뭔 소리야?"

　"내년에 복학하면 된다더라."

　"그래? 잘된 건가? 근데 너 이제 와서 대학 같은 건 신경 안 썼잖아."

　"어쩐지 온 세상이 내 은퇴를 원하는 것 같아."

　"쓸데없는 소리 한다. 슬럼프냐? 괜히 혼자 우울해하게."

"딱히 그런 건 아냐."

최환열은 이신의 어깨에 손을 턱 얹었다. 그리고 충고했다.

"네가 계속 건재하기를 원하는 팬도 있고 몰락하는 걸 보고 싶어 하는 팬들도 있겠지. 근데 스포츠라는 게, 응원하는 대로 다 되지 않아서 골 때리는 거거든."

"……"

"네 몰락을 보고 싶어 하는 팬들이 있다면, 한 번 골 때리게 만들어줘. 네가 이제 그만 졌으면 했는데 결국 또 이겨서 뒷목 잡게 만들란 말이야. 그게 또 스포츠의 매력 아니겠냐?"

그 말에 이신은 피식 웃었다.

"남 골 아프게 만드는 건 내 특기지."

개인리그 32강 1조, 경기 당일.

16강 진출을 건 네 선수의 전쟁이 시작되려 하고 있었다.

제6장

사제전

　"선생님."

　최환열과 함께 선수 대기실로 향하는 길에 차이와 마주쳤다. 차이는 박진수와 함께였다.

　"준비는 잘했고?"

　이신이 물었다. 차이는 자신감 넘치는 모습으로 고개를 끄덕였다.

　"네, 제게 지실지도 몰라요."

　"건방진 놈."

　이신은 차이의 머리를 쓱쓱 헝클어뜨렸다. 차이는 웃었다.

　"잘해."

　"네, 선생님도요."

선수대기실에 들어서면서 최환열이 말했다.

"당돌하네."

"컨디션 좋아 보이지?"

"이제 수년 전의 내 기분이 슬슬 느껴지냐?"

"난 3 대 0 관광은 안 당해."

최환열은 이신을 한 대 쥐어박았다. 그러고는 화제를 전환한다.

"어제 차이는 존, 한태화, 박진수랑 연습했다더라."

"존이랑 했으면 인류 대 인류전도 준비했다는 뜻이군."

"그렇겠지?"

"고속전차 견제 플레이를 디펜스하는 연습을 주로 했겠군."

연습 상대인 존이 기동포탑보다 고속전차를 더 즐겨 다루니 말이다.

"뭐, 어제 뭘 연습했든 결국 니들이 서로를 가장 잘 알 거 아냐."

"인류 대 인류로는 이제 승률이 반반이야."

"투지에서는?"

"내가 살짝 밀려."

이신의 솔직한 말에 최환열이 깜짝 놀랐다.

"그 정도야?"

"어."

차이는 이제 이신의 모든 견제 루트를 다 꿰뚫고 있었다.

견제에 실패할수록 이신의 손해는 누적되고, 자원 효율을 최대로 쓴 차이의 물량은 이신을 압도한다.

이 맵 투지에서 서로 게임을 하면 할수록 점차 그런 그림이 자주 연출되었다.

"그럼 신족 할 거야? 어제 김영표랑 했던 것처럼?"

"아니."

이신은 미소를 지었다.

"인류 할 거야. 차이에게 마지막 실력 테스트를 해야지."

어떤 빌드 오더를 쓸지 이신은 이미 생각해 둔 것이 있었다.

이신이 준비한 마지막 테스트. 이 테스트까지 통과한다면 이신은 인정할 참이었다.

차이를 진정한 숙적으로 말이다.

그리고 그때는 3종족을 전부 구사하며 온갖 수단을 동원해 이길 참이었다.

"이신 선수? 이제 준비를 해주셔야겠습니다."

스태프가 들어와 말했다.

고개를 끄덕인 이신은 게이밍 백팩을 한쪽 어깨에 짊어지고 나섰다.

최환열이 그런 이신의 어깨를 툭툭 두드렸다.

"이겨. 꼭."

"어."

"네가 패배하는 모습은 보고 싶지 않아."

"……"

이신은 새삼스러운 시선으로 최환열을 바라보았다.

최환열은 조금 어색했는지 어깨를 으쓱했다.

"네가 지는 모습은 이상하거든. 그렇게 생각하는 팬도 한둘이 아닐걸?"

이신은 피식 미소를 지었다.

"안 져."

최환열의 배웅을 받으며 이신은 전장을 향해 나아갔다.

반대편 부스에서 차이가 장비를 세팅하고 준비하는 모습이 보였다.

이신도 자기 부스로 들어가 장비를 세팅했다. 그리고 스페이스 크래프트를 실행해 인공지능 컴퓨터를 상대로 테스트 게임을 했다.

그런데 무언가가 이상했다. 귀에서 이어폰을 뺀 이신이 부스 걸에게 말했다.

"문제 있습니다."

"네? 어떤 거요?"

"마우스 렉."

"잠시만요."

부스 걸이 스태프를 불렀다.

잠시 후, 장비를 관리하는 스태프가 달려왔다.

"장비에 문제가 있다고요?"

"제 장비의 문제인지 컴퓨터의 문제인지는 모르겠지만 어쨌든 마우스에 렉이 있습니다."

"한 번 볼게요."

스태프가 게임을 해보았다. 그러고는 고개를 갸웃거렸다.

"아무 문제도 없어 보이는데요?"

"마우스 속도가 미세하게 느립니다."

"저, PC나 마우스나 문제가 없는데 마우스 감도 조절을 하시면 될 것 같은데요."

"늘 하는 설정대로 했습니다. PC에 문제가 있습니다."

"문제가 없는데요. 기분 탓 아니신지?"

"기분 탓?"

이신의 눈빛이 싸늘해졌다. 당황한 스태프가 허둥지둥 경황 없이 계속 지껄였다.

"경기를 앞두시고 예민해지신 게 아닌지… 정말 PC는 문제가 없거든요."

"그렇게 장담을 하니 일단은 그냥 해보죠. 경기 중에 문제 생기면 당신을 다시 부를 겁니다. 그때는 지금보다 언성이 조금 더 높을 거고."

"……."

어찌할 바를 모르는 스태프를 무시하고, 이신은 마우스 감도를 평소보다 높게 조절했다.

신경질적인 손짓으로 스태프를 쫓아냈다. 그리고 테스트 게임을 계속했다.

평소 같지는 않지만 얼추 마우스 포인터 속도가 맞아떨어졌다.

'내가 정말 예민해졌나?'

이신은 고개를 갸웃거려야 했다.

그런데 잠시 후 스태프들 3명이 우르르 몰려왔다.

"저기, 이신 선수."

"뭡니까?"

"PC에 문제가 있다고 하셔서요. 지금은 괜찮으십니까?"

"평소 같지는 않습니다."

"그럼 PC를 교체해 드릴까요?"

"그렇게 해주십시오."

잠시 후, 스태프 한 명이 컴퓨터 본체를 들고 왔다.

모니터와 장비를 다시 세팅하고 게임을 해보았다. 이신은 고개를 끄덕였다.

"이제 멀쩡합니다."

"다행이네요. 또 문제 생기면 말씀해 주십시오."

"예, 감사합니다."

이신이 문제를 삼으며 짜증스러운 태도를 보이자, 경기장 측에서 심각하게 받아들이고 대응한 것이었다.

'진즉에 이럴 것이지.'

한국 e스포츠계의 독불장군 이신!

한국 e스포츠 협회에 대고 월급 도둑들이라는 말까지 서슴없이 한 적이 있는 이신이었다.

언론에 대고 직격탄을 마음대로 날리는 이신이 아니었다면, 스태프들도 이렇게 열의를 다해 대응하지 않았을 것이다.

　　　　*　　　　　*　　　　　*

　―예, 잠시 이신 선수 측의 PC에 문제가 있어서 조금 지연되었습니다만, 이제 문제가 해결됐다고 합니다.

　―그럼 이제 2021년 전반기 개인리그 32강전 1조 1경기! 이신 선수 대 차이 선수의 경기가 시작됩니다.

　―두 선수의 상대 전적은 아직 없습니다만, 같은 팀에 있으면서 평소에 연습할 때는 승률이 놀랍게도 반반이었다고 하더군요.

　―물론 연습과 실전은 조금 다르긴 합니다만, 그래도 대단한 거죠.

　―아, 물론입니다! 차이 선수가 신을 꺾고 파란의 주인공이 될 수 있을지, 이제 곧 시작됩니다!

　―Kaiser : 인류
　―Chai : 인류
　―맵 : 투지

경기에 앞서 두 사람은 채팅을 나눴다.

　―Chai : 컴퓨터는 이제 이상 없으세요?
　―Kaiser : 어.
　―Chai : 근데 오늘 식사 당번 전데 뭐 드실래요?

이신은 피식 미소를 지었다.

—Kaiser : 별로 입맛이 없어.
—Chai : 그럼 무난하게 김치찌개 할게요.
—Kaiser : 마음대로 해.
—Chai : 네~

그렇게 게임이 시작되었다.

게임이 시작되기 전에 두 사람의 채팅 내용이 대형 화면에 잡히는 바람에, 관객석에서 키득거리는 웃음소리가 퍼져 나갔다.

—아, 본선 첫 경기에서 맞부딪친 스승과 제자가 아주 심각한 대화를 나눴군요.

—예, 심각하죠. 저녁에 돌아가서 뭐 먹을지는 정말 중요한 문제입니다. 오늘은 차이 선수가 식사 당번이었나 봅니다.

—차이 선수의 미나리무침은 싱거웠다는데 김치찌개 솜씨는 어떨지 궁금합니다.

—그건 오늘 승패 여부에 달렸죠. 차이 선수가 이기면 기분 좋게 맛있게 요리할 테지만, 만약 졌으면 기분 나쁘거든요.

—김치찌개에 독이 들어갈 수도 있죠.

—예, 저라면 독 풉니다. 진 것도 짜증나는데 밥까지 차려줘야 하거든요.

―어휴, 현실에서 2차전이 안 열리면 다행이죠.

―그럼 큰일 나죠. 대결은 게임에서만 해야지 절대 현실에서 하는 게 아닙니다.

해설진이 농담을 주고받자 웃음소리가 점점 커졌다.

쓸데없는 농담 따먹기를 하는 이유는, 일꾼이 자원 캐는 것 외엔 딱히 초반에 중계할 내용이 없기 때문이었다.

하지만 시작한 지 얼마 되지 않아 금방 빌드 오더가 극명하게 갈렸다.

이신의 스타팅 포인트는 7시.

차이의 스타팅 포인트는 1시.

4인용 맵 투지에서 서로 거리가 가장 먼 대각선 위치.

이신은 인구수 11에서 바로 병영과 광산을 같이 건설했다.

이에 반해 차이는 평범하게 병영을 짓고서 앞마당에 확장 기지를 짓는 1병영 더블 빌드였다.

―벌써부터 두 선수의 스타일이 나타나기 시작합니다. 차이 선수는 안정적인 1병영 더블, 이신 선수는 아직 뭘 할지 모르겠습니다.

―1기갑 더블일 수도 있고 아예 2기갑일 수도 있고 2항공일 수도 있죠? 워낙에 이신 선수가 펼칠 수 있는 스타일이 다양해서 아직은 예측하기가 힘듭니다.

―아무튼 차이 선수에 비해 초반부터 견제에 힘을 줄 건 확실해 보이는데, 어디 이신 선수의 견제 플레이가 다시 빛을 발할지 기대해 봅니다.

이신이 어떤 빌드 오더를 펼칠지에 주목이 되기 시작했다.

이신은 기갑 정거장을 하나 지었다.

그리고 뒤를 이어서…….

―2항공!

―항공정거장 2개를 동시에 건설하기 시작합니다. 이번에 이신 선수가 꺼내 든 견제 종목은 고속전차가 아니라 스텔스 전투기입니다!

―캬, 이신 선수의 스텔스 전투기도 말이 필요 없죠! 예전에 우스갯소리로 이신 선수를 상대로 지는 방법 세 가지가 있었잖습니까?

―아, 그거요? 그 세 가지가 뭐였었죠?

―첫째는 이신 선수에게 치즈러시를 하는 것, 둘째는 이신 선수에게 멀티태스킹 싸움을 거는 것, 셋째는 이신 선수를 상대로 공중전을 하는 거였어요!

"하하하하!"

"맞아, 맞아!"

관객석에서 웃음이 터져 나왔다.

―예, 이병철 캐스터께서 말씀하신 것처럼, 이신 선수의 스텔스 전투기 컨트롤은 정말 무섭습니다.

공중전은 칼날 위를 걷는 것 같은 아슬아슬하고 서슬 퍼런 싸움이었다.

순간의 판단과 컨트롤로 승패가 갈려 버린다.

그런 싸움에 특화된 쪽은 단연 이신이었다.

스텔스 모드로 일정 시간 동안 보이지 않게 되는 스텔스 전투기의 장점을 이신은 매우 절묘하게 사용한다.

이신은 완공된 2개의 항공 정거장에서 스텔스 전투기 2기를 동시에 생산했고, 기갑 정거장에서도 고속전차를 뽑았다.

평범하게 기동포탑을 뽑고 있는 차이에게 이신의 마수가 뻗치려 하고 있었다.

스텔스 전투기 2기와 고속전차 1기가 동시에 출발했다.

—전투기와 고속전차가 동시에 출발! 지상과 공중에서 동시에 견제하겠다는 야심찬 의도! 그 여느 때보다도 공격적인 이신 선수입니다.

—저 고속전차가 신의 한 수가 될 수 있습니다. 왜냐면 지금 당장 차이 선수가 스텔스 전투기를 상대로 대응할 수 있는 유닛은 보병밖에 없거든요. 같이 데려온 고속전차로 바로 그 보병을 제거하고 마음대로 공중에서 견제를 펼치겠다는 의도예요.

—정말 이신 선수의 견제는 그냥 단순하게 들어가지가 않아요. 한 수 한 수에 이중삼중으로 덫을 쳐놓죠. 스텔스 전투기가 나타났을 때, 차이 선수가 어떻게 대응을 할지가 중요해 보입니다.

마침내 1시 진영, 차이의 앞마당에 스텔스 전투기 2기가 나타나 건설로봇을 공격하기 시작했다.

차이는 참호에서 보병 4기를 꺼내 맞대응을 했다.

그 순간 대기하고 있던 고속전차가 돌입했다. 스텔스 전투기 2기와 고속전차가 합세하여 보병들을 죽여 나갔다.

―으악!

―으아악!

빠르게 줄어드는 보병들.

차이는 바로 기동포탑으로 고속전차를 공격했다.

고속전차는 파괴되었지만, 보병들이 기관총으로 집중 사격한 스텔스 전투기들은 1기도 격추되지 않았다.

왔다갔다 터닝 샷을 날리는 무빙 컨트롤로 보병의 타깃팅을 방해했기 때문.

스텔스 전투기는 공대지 공격이 약했다. 하지만 일방적으로 꾸준히 빔을 쏘니 일하던 건설로봇들이 하나둘 터졌다. 이렇게 피해가 꾸준히 누적된다면 사소한 피해가 큰 타격으로 변할 터였다.

―차이 선수, 허둥거리지 않습니다.

―앞마당을 더 빨리 활성화시켰거든요. 오히려 저 정도 피해 준 정도로 만족해서는 안 되는 쪽이 이신 선수입니다.

―아무튼 지금부터 차이 선수가 어떻게 대응할지가 관건입니다. 이신 선수도 그걸 궁금해할 테고요.

―기계보병에 사거리 업그레이드를 해서 맞설 것인가, 아니면 역 스텔스 전투기로 대응할 것이냐가 가장 중요하죠. 이신 선수처럼 2항공 빌드를 썼을 때 가장 주의해야 할 점이 바로 역 스텔스 전투기거든요.

차이는 군사학교를 짓고 레이더를 개발했다. 그리고 기갑 정거장에서 기계 보병들이 생산되어 스텔스 전투기들을 공격했다.

기계보병을 확인한 뒤에야 이신은 차이의 체제를 확신했다.

'사거리 업그레이드한 기계보병이군.'

*　　　　　*　　　　　*

"현명한 선택이야."

VIP석에서 관람하던 엔조 주앙이 말했다.

옆에 함께 앉은 마이클 조셉도 고개를 끄덕이며 동의한다.

"역 스텔스 전투기를 택했으면 카이저와 공중전을 벌이게 되니까."

"삽시간에 승패가 갈리는 공중전이라니, 카이저는 그런 아슬아슬한 싸움에 너무 탁월해."

인류 대 인류전의 공중전은 일합(一合) 싸움이다.

서로 스텔스 모드로 모습을 감춘 채, 레이더로 상대의 전투기 편대를 밝혀내어 공격해야 한다.

만약 스텔스 모드를 풀고 모습을 내놓고 있을 때, 상대에게 기습을 당하면 삽시간에 전투기 편대가 몰살당한다. 스텔스 전투기의 체력이 매우 작기 때문이었다. 그처럼 아슬아슬한 싸움을 즐기는 스타일의 소유자가 바로 이신이었다.

반면에 차이는 안전한 선택을 했다.

"도박을 할 필요가 없어. 이미 빌드 상성에서는 우위야."

1병영 더블로 시작해 2개의 기갑 정거장에서 기계보병을 생산하는 체제.

2항공 빌드로 가난하게 출발한 이신의 카운터가 되는 체제였다.

"저대로 무난하게 흘러가면 차이의 승리가 되긴 한데……."

엔조 주앙의 말을 마이클 조셉이 받았다.

"절대로 무난히 흘러가게 두진 않겠지."

그 말대로였다.

이신의 스텔스 전투기 편대가 스텔스 모드로 모습을 감춘 채 또다시 차이의 진영을 급습했다.

본진에서 건설로봇 2기를 잡은 뒤에 기계보병이 몰려오자 귀신같이 내빼 버렸다.

공대지 공격이 약한 스텔스 전투기로 지대공 공격이 막강한 기계보병과 정면으로 싸웠다간 순식간에 전멸이었다.

이신은 앞마당을 돌리며 기갑 정거장을 3개까지 늘렸다. 그렇게 운영을 하는 와중에도 꾸준하게 전투기 편대를 컨트롤했다.

꾸준한 견제로 지속적으로 차이의 건설로봇을 1기씩 끊어주는 것이었다.

가벼운 잽도 꾸준히 넣으면 큰 피해가 된다.

이신은 그런 근면성실한 집요함으로 체제의 불리함을 극복해 나가고 있었다.

이신은 건설로봇 1기를 차이의 진영 근처까지 빼놓았다. 그러고는 짧게 견제를 넣고 빠져나온 스텔스 전투기를 수리했다.

수리를 마치면 다시 전투기 편대가 안으로 침투하여 피해를 넣는다.

—와! 정말 집요한 견제입니다. 전투기 수리하기 위해서 건설로봇 1기가 저기까지 파견 나와 있어요.

—수리하면 또 들어가고 수리하고 또 들어가고! 그렇게 견제를 당하는데도 침착한 차이 선수의 뚝심도 대단합니다.

—기동포탑과 기계보병의 숫자가 점점 늘어나는 차이 선수. 이제 한 번만 잘못 걸리면 전투기들이 저 다수의 기계보병들에게 삽시간에 녹아요!

—곧 있으면 차이 선수가 진출하겠죠? 빌드의 상성이 자원 격차로 이어졌고, 이제 지상군 물량의 차이로 나타날 때가 되었습니다. 지금까지 잘했습니다만, 이신 선수! 단 한 방의 펀치에 녹다운이 될 수도 있습니다!

이신은 3기갑 정거장에서 기동포탑과 고속전차를 꾸준히 뽑으며 차이의 지상군 공세를 막을 수 있는 전력을 확보하고 있었다.

마침내 차이의 지상군이 출진했다. 똑바로 이신의 진영을 향해 진격했다.

이신은 기동포탑들을 전면 배치하고, 고속전차로 꾸준히 지뢰를 매설하며 정면에서 들어오는 공세를 막을 수 있도록 디펜스를 갖췄다.

—이신 선수, 디펜스가 잘 갖춰져 있습니다. 아무리 지상군 물량이 많다지만, 그냥 들어가면 차이 선수도 위험하죠?

—예, 여차하면 앞마당에서 일하는 건설로봇들까지 총동원해서 막을 수 있기 때문에, 이미 자리를 잡고 기다리는 상대의 방어선을 정면으로 들이받으면 안 됩니다. 인류 대 인류전은 공성전이나 마찬가지입니다. 공격 측이 더 피해가 클 수밖에 없어요.

그런데,

—어? 차이 선수의 일부 병력이 9시로 향합니다!

—9시가 이신 선수의 7시 앞마당과 연결되어 있거든요. 정면으로 치기보다는 옆길로 돌아서 칠 생각인 듯합니다!

—이신 선수도 파악했어요! 즉시 기동포탑의 배치를 바꿉니다.

본진 언덕 위에 기동포탑 2기를 배치해 앞마당 쪽도 균일하게 배치하여서 강력한 포격망을 갖춘 이신이었다.

어느 쪽에서 치든 육로로는 빈틈이 없었다.

정면과 9시 길목에 분산 배치된 차이의 지상군. 이신은 이중 어느 쪽에서 공격받든 완벽히 막아낼 수 있었다.

하지만 다음 공격이 없었다.

차이의 다음 수는, 3시 지역에 2번째 확장 기지를 건설하는 것이었다.

—차이 선수가 2번째 확장 기지를 가져갑니다. 9시로 우회시킨 병력은요, 옆구리를 칠 생각이 아니라, 이신 선수가 9시에 2번째 확장 기지를 가져가는 것을 차단시키는 포석이에요!

—확장을 하면서 상대는 확장 못 하게 하는 차이 선수의 신

의 한 수! 이번에는 이신 선수가 어떻게 대응할지가 궁금해집니다.

이신의 대응은 빨랐다.

차이의 병력이 분산되어 9시로 우회할 때부터, 이미 이신은 상황이 이렇게 되리라는 것을 내다보고 있었다.

옵서버(Observer)가 이신의 본진을 비췄을 때, 이미 5개로 늘어난 기갑 정거장이 기동포탑과 고속전차를 꾸역꾸역 쏟아내고 있었다.

─5기갑! 단시간에 물량을 쥐어짜서 뚫을 생각입니다!

─이신 선수의 판단이 정말 빠릅니다. 차이 선수가 진격할 때, 이미 5기갑 판단을 내리고 지상군 물량을 모으고 있었던 겁니다. 적 병력에 방해받아 2번째 확장 기지가 지체될 거란 걸 예상한 거죠!

─이신 선수, 스텔스 전투기가 또 움직입니다! 어디로 가나요?

─갈 곳은 정해져 있습니다!

스텔스 전투기 편대는 바로 차이의 본진인 1시와 3시 사이의 언덕 지역에 자리 잡았다.

그때, 차이는 본진에서 완성시킨 통제사령부 건물을 띄워서 3시로 옮기고 있었다.

3시에 바로 짓기 시작하면 이신의 견제에 의해 계속 공사를 방해받을 게 분명했기 때문.

그런데 완성된 건물을 띄워 3시로 옮길 때, 그쪽에 자리 잡고 있던 스텔스 전투기의 공격을 받았다.

―어어어! 저거 부서지면 안 됩니다!

―정말 큰일 나죠! 먼저 2번째 확장 기지를 가져가기 위해 두었던 신의 한 수가 물거품이 됩니다!

이번에는 차이도 놀랐다.

급히 3시로 향하던 통제사령부 건물이 본진으로 되돌아갔다. 하지만 건물의 비행 속도는 극악하게 느렸고, 스텔스 전투기는 공대지가 약하나 공대공(空對空) 위력만큼은 꽤 강한 편이었다.

통제사령부의 체력이 절반 이하로 급격히 깎였다.

차이가 건설로봇 6기를 동원해 언덕 쪽으로 붙였다. 통제사령부가 막 언덕을 넘어오자, 급히 건설로봇들이 붙어서 수리를 시작했다. 50 이하로까지 깎였던 통제사령부의 체력이 가까스로 반등했다.

―확장 기지가 내려앉는 것을 한 번 방해했습니다.

―차이 선수는 이런 식으로 지체되면 안 됩니다.

차이는 3시를 일단 포기하고 12시로 확장 기지 위치를 변경했다.

3시를 가져가기 위해 전투기 편대와 드잡이하며 시간이 지체되느니, 지형적으로 방어하기에 불편하지만 12시를 빨리 가져가는 게 나았다.

이번에는 12시와 1시에 모두 기계보병을 배치해서 전투기 편대를 원천봉쇄했다.

그러면서도 꾸준히 생산되는 지상군 병력을 7시로 보내 이신의 목을 조르는 압박 라인을 굳히고 있었다.

같은 시각, 이신도 반격의 한 수를 설계한 상태였다.

그것은 항공정거장에서 생산된 항공수송선이었다.

항공수송선 2척이 왕복하며 이신의 지상군 병력을 6시로 옮겼다. 그중 6기의 고속전차가 몰래 빠져나와 12시를 향해 질주했다.

—12시로 갑니다! 차이 선수가 12시에 확장 기지를 내리는 걸 알거든요! 통제사령부 12시에 앉혔으니 다음은 뭐겠습니까? 일꾼을 12시로 보내는 겁니다! 이신 선수가 그걸 노린 겁니다!

고속전차들이 12시로 줄지어 이동하던 건설로봇들을 덮쳤다.

12시에 있던 차이의 기계보병들이 내려와 맞섰다.

하지만,

—퍼엉! 퍼엉! 펑!

"와아아아아!!"

"우오오!"

그야말로 전광석화였다. 기계보병의 반격을 받으면서도, 고속전차들은 집요하게 물고 늘어지며 건설로봇들을 다 털어버렸다.

—이러면 모르죠! 2번째 확장 기지를 가져가긴 했는데 일을 해야 하는 일꾼이 다수 죽었어요!

—예, 하지만 그렇다고 이신 선수가 갑자기 유리해진 것도 아

닙니다. 9시와 7시 방면에서 압박을 하고 있는 차이 선수의 병력이 너무 자리를 잘 잡았어요.

—그걸 뚫기 위해 항공수송선 2척으로 열심히 왕복하면서 병력을 6시에 몰래 실어 날랐잖습니까?

—예, 이제 곧 시작될 싸움이 중요합니다.

6시에 운반된 기동포탑 6기와 고속전차 12기가 움직였다. 이신의 본진에서도 다수 병력이 앞마당에 집결했다.

이신은 양방향 협공으로 차이의 압박 라인을 돌파할 생각이었다.

그리고 돌파에 필요한 마지막 유닛, 전술위성의 마법 에너지가 다 채워졌다. 디펜시브 실드로 앞세워서 돌파할 계획이었다.

그런데 전투는 엉뚱한 곳에서 펼쳐졌다. 3시에 대기시켜 놓았던 이신의 전투기 편대가 받았다.

그것은 바로,

—역 스텔스 전투기!

—이신 선수, 불의의 기습을 당했습니다!

비밀리 모은 차이의 스텔스 전투기가 이신의 전투기 편대를 기습한 것!

이신은 즉각 스텔스 모드를 펼치고 후퇴했지만, 한 번의 기습으로 절반에 가까운 전투기 3기를 잃었다.

일합에 모든 것이 끝나는 공중전. 예상치 못하게 기습을 받았다는 것은, 아무리 대응이 빨라도 늦었다.

―그냥 당하고만 있지 않습니다! 차이 선수도 만만치가 않아요!

―스승과 제자가 치열하게 한 수 한 수 주고받습니다. 승부의 행방을 알 수가 없습니다!

관람을 하러 온 수많은 프로게이머들의 얼굴에 놀라움과 경탄이 어렸다.

치열한 공방. 빛의 속도 같은 두 선수의 판단과 결단력!

"이신! 이신!"

"차이 이겨라!"

"카이저!"

응원하는 관중들의 목소리가 높았다. 한껏 열이 오른 가운데, 이신이 움직이기 시작했다.

더 이상 이신은 지체할 틈이 없었다. 역 스텔스 전투기로 인해, 공중유닛이 갑자기 차이의 우세로 돌아선 상황.

기계보병을 다수 보유한 차이와 달리, 고속전차와 기동포탑 위주의 이신은 지대공이 가능한 유닛이 거의 없었다.

계속 지체하면 자신이 도리어 전투기 편대에 의해 피해를 입을 터였다.

―이신 선수, 갑니다!

―돌파하느냐 못 하느냐의 승부! 이신 선수는 여기서 사활을 걸어야 합니다!

이신이 앞마당과 6시에 분산 배치한 병력으로 양공에 나섰다.

이를 감지한 차이의 순간 판단도 발군. 즉각 9시에 배치한 병력으로 이신의 옆구리를 쳤다.

두 사람 모두 양공으로 서로를 덮친 것이다.

제7장

진출

　선수 대기실. 경기를 마치고 돌아온 이신은 물을 벌컥벌컥 마셨다.

"수고했어."

최환열이 반겨주었다.

이신은 대꾸가 없었다. 그럴 기력이 남아 있지 않았다.

힘겨운 한 판이었다. 이신의 돌파 시도로 시작된 최후의 결전은 모두의 생각보다 훨씬 긴 싸움이 되었다.

돌파는 성공했다. 전술위성의 디펜시브 실드로 보호된 기동 포탑 1기가 앞장서서 첫 포격을 받아냈다. 줄지어 양방향에서 돌입한 병력이 차이의 진형을 분쇄했다.

차이도 가만히 있지 않았다.

9시 쪽에서 치고 내려와 옆구리를 공략한 차이의 협공에 의하여, 이신 역시 큰 피해를 감수해야 했다.

아무튼 이신은 차이의 압박 라인을 돌파하는 데 성공했다. 다만 문제는 끈덕지게 물고 늘어지는 차이의 스텔스 전투기 편대였다.

기습을 받은 탓에 전력이 크게 훼손된 이신의 전투기 편대는 공중전에서 제대로 힘을 발휘하기 힘들었다.

바쁘게 다니며 이신의 지상유닛을 하나둘 꾸준히 깨부수는 차이의 전투기 편대는 여간 집요한 게 아니었다.

자원 여력이 없는 이신은 값싸고 빠른 고속전차를 활용한 견제 플레이로 공세를 전환했다.

고속전차의 스피드는 스텔스 전투기보다 빠른 것이었다.

그때부터는 그야말로 서로의 멱살을 붙잡고 늘어지는 싸움이었다.

이신의 고속전차가 계속 견제를 퍼부어 차이의 자원 수급을 방해했다.

차이의 스텔스 전투기 편대는 스텔스 모드로 암약하며 이신의 지상군을 꾸준하게 줄여나가고 확장을 차단했다.

서로를 굶주리게 만드는 처절한 혈전.

하지만 결국 승자는…….

"그놈의 12시 확장 기지."

"그러게 이제 그만 정석 빌드 쓰라니까. 자꾸 2기갑이니 2항공이니 그런 가난한 빌드로 위험을 감수하니까 불리하게 싸움을 하지. 보는 입장이야 재미있지만."

그랬다.

이신은 패배했다.

결국 2번째 확장 기지를 가져간 차이가 더 오래 버틸 수 있었다.

대량의 일꾼 피해를 입었지만, 그래도 활성화된 확장 기지의 숫자 차이는 아주 큰 요소였다.

"신지호랑 해봐서 알잖아. 요즘 애들은 다 디펜스 좋아지고 자원도 많이 먹어."

"안전주의자들."

"어쩔 수 없잖아? 결국은 안정적인 플레이를 하는 쪽이 오래 살아남으니까."

이신은 한숨을 쉬었다.

자신이 패자조라니?

선수 생활을 하면서 한 번도 겪어보지 못했던 수모였다.

이제 곧 황병철과 사나다 료의 대결이 시작된다. 여기서 이긴 쪽은 승자조가 되어 차이와 겨루고, 진 쪽은 패자조가 되어 이신과 겨룬다.

승자조의 승자는 16강 진출. 패자조의 승자는 승자조의 패자와 겨뤄 이긴 쪽이 16강 진출을 결정짓는다. 즉, 이신은 앞으로 남은 2번의 경기를 모두 이겨야 16강에 진출할 수 있는 것이었다.

"너무 낙담하지 마라."

"낙담 안 해."

"크크크, 그래. 너무 쪽팔려 하지 마라. 명경기였잖아."

이신은 최환열을 노려보았다. 최환열은 연신 낄낄거리며 이신을 놀렸다.

e스포츠계에 이신을 잡으면 명경기라는 법칙이 있다.

사실 맞는 말이긴 했다. 이신을 이기려면 어지간한 경기력으로는 어림도 없었기 때문이다.

"그러게 구시대 같은 헝그리한 플레이는 그만하라니까."

"……"

오랜만에 분함을 느낀 이신은 심기 불편한 표정으로 다음 경기를 지켜보았다.

선수 대기실에 설치된 TV 화면에서는 황병철과 사나다 료의 대결이 나오고 있었다.

"저기 또 있네. 플레이가 참 클래식한 녀석이."

최환열이 말했다.

TV를 본 이신은 그만 헛웃음을 지었다. 황병철이 독침충 올인과 대규모의 하늘군주 드롭을 준비하고 있었다.

*　　　　*　　　　*

—사나다 료 선수의 운영이 참 스무스하죠?

캐스터 이병철의 물음에 해설위원 정승태가 동의한다.

—예, 그렇습니다. 정찰용으로 뽑은 사략기 1기로 꾸준히 상

대의 체제를 파악하며 맞춰가고 있습니다. 황병철 선수가 독침충에 올인하고 있는 걸 보고서 입구를 캐논포로 도배하고 철갑충차를 다수 생산하고 있잖습니까.

—황병철 선수 하면 일격필살인데, 이건 싸움이 붙으면 사나다 료 선수가 무난하게 막을 수 있을 것 같은 그림인데요?

—계속 사략기에 정찰당하는 게 문제입니다. 뻔한 올인은 정말 허망하게 막힙니다. 황병철 선수의 올인이 빛을 발하는 건 상대를 속였을 때거든요. 황병철 선수는 말이죠, 힘으로 상대를 거꾸러뜨리는 게 아니라 속여서 잘못된 배팅을 하게 만드는 포커플레이어입니다. 일단 승리를 위한 첫걸음은 저 사략기를 처치하는 것으로 시작해야 합니다.

해설위원 정승태의 지적대로였다.

마치 그 말을 듣기라도 한 듯, 황병철은 폭탄충 4마리를 뽑았다.

2마리씩 짝지어서 양방향으로 비행. 열심히 정찰을 다니는 사나다 료의 사략기를 구석으로 몰아넣어 처치했다. 하지만 사나다 료는 이미 황병철의 체제를 전부 파악했기에 웃으면서 사략기를 내줄 수 있는 판국이었다.

"이번 경기는 평범한데."

두 사람의 경기를 지켜보던 엔조 주앙의 평이었다.

마이클 조셉도 어깨를 으쓱했다.

"정찰을 너무 쉽게 허용했어. 신족이 무난하게 이기는 그림이야. 정말 저 선수가 카이저의 라이벌이었던 사람 맞아?"

"아직 속단하기는 이른 것 같은데."

"……?"

의아해하는 마이클 조셉에게 엔조 주앙이 말을 이었다.

"미니 맵을 봐. 사나다의 정찰기가 제대로 못 다니고 있어."

듣고 보니 그랬다.

한 무리의 독침충과 하늘군주 1마리가 조별로 짝지어 다니며 보이는 정찰기를 족족 격추시키며 맵을 장악하고 있었다.

정찰기가 어딜 가도 독침충과 하늘군주에게 발각될 정도였다.

"사나다 료의 시야는 자기 진영 외에는 아무것도 보이지 않을 거란 얘기지."

"그래도 독침충 체제를 들킨 이상……."

"그러니까 더 지켜보자고. 저 괴물 플레이어는 아직 뭔가를 더 할 생각인 듯하니까."

그 말에 마이클 조셉은 입을 다문 채 경기를 지켜보았다.

엔조 주앙의 말 대로였다.

황병철은 사나다 료의 시야를 철저히 막아놓은 채, 비로소 본색을 드러냈다. 사나다 료의 본진을 향해 이동하는 대규모의 하늘군주 무리!

─드롭입니다! 황병철 선수가 사나다 료 선수의 본진에 폭탄 드롭을 하기 위해 하늘 군주를 전부 끌고 오고 있어요.

─드롭인 것을 들키지 않기 위해 하늘군주의 스피드 업그레이드도 하지 않았거든요! 저 느린 하늘군주로 언덕 넘어 드롭!

―야, 정말 황병철 선수 클래식한 전략을 준비했네요.

―예, 문제는 사나다 료 선수에게 철갑충차가 많다는 점입니다. 철갑충차의 충격탄 한 방에 독침충은 무더기로 죽거든요! 정말 무모한 승부수를 던지는 황병철 선수입니다.

―사나다 료 선수는 아직도 황병철 선수의 드롭 의도를 모르는 눈치입니다!

―사나다 료 선수의 시야가 많이 차단되어 있기 때문이죠. 사나다 료 선수에게는 앞마당 입구 앞에 알짱거리는 일부 독침충밖에 안 보이거든요.

―자, 황병철 선수가 갑니다. 하늘군주들이 황병철 선수의 오른편 언덕 너머에 집결했어요.

독침충들이 오른편 언덕에 모여들었다.

10여 마리의 하늘군주에 독침충들과 촉수충이 일제히 탑승했다.

이윽고 병력을 잔뜩 태운 하늘군주들이 언덕 너머로 사나다 료의 본진에 느린 속도로 침투했다. 본진 언덕 쪽을 순찰하던 정찰기가 그것을 포착했다.

―사나다 료 선수도 봤어요! 철갑충차와 지상군이 본진으로 갑니다!

―료 선수도 지상군이 꽤 있지만 황병철 선수의 물량에 비할 바가 아닙니다. 다만 철갑충차의 활약에 달렸습니다!

드롭이 시작되었다. 하늘군주에서 독침충과 촉수충이 쏟아져 나왔다.

"와아아아아아!!"

"황병철! 황병철!"

화끈한 폭탄 드롭 총공세에 관객석이 들썩였다.

하지만 사나다 료의 대응도 만만치 않았다. 본진에 즉시 돌아온 지상군이 덮쳐들었고, 철갑충차들도 수송기를 타고 움직였다.

노도처럼 밀려드는 독침충 떼에게 철갑충차들이 일제히 충격탄을 발사했다.

—충격탄 발사!

—우와!

해설진의 입에서도 찬사가 터져 나왔다.

충격탄이 일제히 날아드는 순간, 독침충들이 일제히 뿔뿔이 산개를 했기 때문이었다.

—퍼어엉! 퍼어엉!!

—끼엑!

—끼에엑!

충격탄 한 발에 독침충이 2, 3마리씩 죽었다. 하지만 순간적인 황병철의 산개 컨트롤에 의해 피해는 최소화되었다. 게다가 촉수충들이 넓게 펼쳐진 진영으로 땅속에 숨어들었다.

—촤좌촥! 촤좌촤촥!

—끄억!

—끄어억!

촉수에 긁혀 죽어 나가는 광신도들!

연이어 함께 따라온 폭탄충 6마리가 정찰기와 자폭을 감행했다.

투명한 정찰기였지만 근처에 하늘군주가 매우 많아서 시야가 모두 밝혀진 채였다.

—퍼엉! 퍼어엉!

정찰기가 닥치는 대로 사냥당했다.

그 와중에도 사나다 료의 철갑충차 컨트롤은 대단해서 독침충을 학살했지만, 황병철의 불꽃같은 산개 컨트롤이 피해를 최소화하며 오래 버텼다.

문제는 촉수충!

정찰기를 모두 격추시킨 탓에, 사나다 료는 땅속에 숨어 촉수를 뻗는 촉수충들을 처리할 방도가 없었다.

결국,

—콰르르릉!

—아아! 본진의 대신전이 파괴되었습니다! 이제 자원이 수급되는 곳이 앞마당밖에 없습니다!

—일꾼도 너무 많이 잡혔어요! 정말, 함께 데려온 폭탄충으로 정찰기를 전부 잡아버린 게 컸어요!

—그리고 엄청난 산개 컨트롤로 천적 같은 철갑충차로부터 독침충을 최대한 오래 살린 것! 정말 엄청난 승부수를 성공시켰습니다, 황병철 선수! 정말 대단해요!

—정찰기가 1기 더 생산됐습니다! 이제야 철갑충차들로 촉수충을 제거해 보지만……!

―황병철 선수도 멈추지 않아요! 계속 옵니다! 드롭이 멈추지를 않습니다!

　다시 사나다 료의 본진에 하늘군주가 나타나 병력을 실어 날랐다.

　내린 것은 바퀴들!

　바퀴들이 사방팔방 뛰어다니며 사나다 료의 주요 건물을 때려 부수고 있었다.

　이제는 도저히 감당할 수 있는 수준이 아니었다.

　사나다 료는 이를 악물고는 GG를 선언했다.

　―사나다 료 선수 GG!!

　―이렇게 되면 사나다 료 선수가 패자조로 떨어진 이신 선수의 상대가 되었습니다!

　―황병철 선수의 독침충 올인을 파악하고 캐논포와 다수의 철갑충차로 대응한 것까지는 아주 좋았던 사나다 료 선수였습니다. 하지만 정찰을 너무 잘한 나머지 맵 장악이 안 되었던 게 문제였습니다. 황병철 선수는 자기 체제를 보여준 대신에 독침충이 꾸준히 다니며 정찰기가 다니지 못하게 꽁꽁 차단했어요.

　―상대의 시야를 잠식해 나가면서 폭탄 드롭이라는 한 방을 준비한 황병철 선수의 용의주도함이 너무도 빛났습니다.

　―이렇게 되면 사나다 료 선수는 16강 진출을 위해 이신을 꺾어야 한다는 엄청난 난제가 주어졌습니다.

　―황병철 선수도 차이 선수와 겨뤄서 반드시 이겨야 합니다.

그렇지 않으면 이신 선수와 또 싸워야 해요!

　―패자조로 떨어져 버린 이신 선수가 여럿 골 아프게 만들고 있습니다. 아무튼 예측불허! 이신 선수라 할지라도 사나다료 선수와 황병철 선수를 줄줄이 꺾고 16강 갈 수 있다는 보장은 없는 겁니다!

　―폭풍의 핵으로 주목 받았던 죽음의 1조! 역시나 시작부터 화끈한 경기들이 펼쳐지고 있습니다.

　　　　　*　　　　　*　　　　　*

　뉴욕, SC코퍼레이션 본사.

　"사장님, 한국에서 32강전 1조의 경기가 끝났습니다."

　40대 중반의 백인 사내, 맥 휴 부사장이 들어와 보고했다.

　사장 데이비드 코렛은 두툼한 서류 뭉치를 면밀히 읽어보고 있었다.

　데이비드 코렛은 38세의 덩치 큰 백인 남성이었다.

　SC코퍼레이션이라는 거대한 회사의 사장이라고 하기에는 상당히 젊은 편.

　하지만 코렛 시장은 20대 초반에 친구들과 함께 전설이 된 게임을 개발한 입지전적인 사나이였다.

　그 게임은 바로 스페이스 크래프트였다.

　시나리오, 3종족 간 밸런스, 게임성!

　처음 스페이스 크래프트의 개발을 완료했을 때 코렛 사장은 자신이 이 게임을 개발했다고 믿겨지지가 않았다. 그 정도로 멋진 게임이었다.

그 후로도 스페이스 크래프트에 강한 애착을 보이며, 끊임없이 버그를 수정하고 밸런스를 조절하는 등 미흡한 부분을 보완해 나가 e스포츠의 아버지 격인 존재가 되었다.

현재, 코렛은 SC코퍼레이션의 사장이자 오너였다.

"오, 그래? 카이저는?"

코렛 사장이 물었다. 맥 휴 부사장은 씨익 웃으며 어깨를 으쓱했다.

"글쎄요, 정말 말씀드릴까요? 아니면 직접 확인하시겠습니까?"

"제길! 궁금해 미치겠는데 스포일러는 싫고."

"뭐, 말씀드리겠습니다. 16강에 진출한 두 사람은……."

"그만! 직접 확인할 거야."

"그럼 한 번 보시죠. 한국 쪽 협회를 통해서 구한 귀한 영상입니다."

"설마?"

"카이저의 화면에서 보는 플레이 영상이지요."

"오, 하나님!"

코렛 사장이 뛸 듯이 기뻐했다. 그는 카이저의 열혈 팬이었다. 자신이 만든 스페이스 크래프트가 카이저에 의해 예술이 되었다고 평소에 늘 말하고 다녔다.

맥 휴 부사장은 가져온 가벼운 노트북을 열고서 준비한 영상을 실행시켰다.

데이비드 코렛 사장은 조마조마한 심정으로 물었다.

"맥, 하나만 알려줘. 좋은 소식이야 나쁜 소식이야?"

"글쎄요?"

맥 휴 부사장은 어깨를 으쓱해 보였고, 코렛 사장은 머리를 싸쥐며 괴로워했다.

두 사람은 옛날에 함께 스페이스 크래프트를 개발한 창립멤버였고, 사적으로는 절친한 친구였다.

"설마 카이저가 떨어진 건 아니겠지?"

코렛 사장이 불안한 얼굴로 물었다. 오너이자 사장이지만 늘 어린애 같은 그였다.

"엄청난 이변이 벌어졌지요."

"설마? 아니겠지?!"

"글쎄요?"

"제길, 얄미운 부사장 같으니! 난 이 기획서를 빠짐없이 검토하느라 생중계를 놓쳤다고!"

"그래서 제가 생중계 못잖은 조마조마함을 안겨 드리고 있잖습니까. 자, 첫 경기부터 보시죠."

1세트, 카이저 대 차이의 대결.

영상은 1세트를 치른 카이저의 개인 시점에서 진행되었다.

리플레이 파일이 아니었다. 카이저의 부스 내부 카메라가 찍은 모니터였다.

카이저가 마우스를 어떻게 쓰고 어디를 바라보는지가 생생하게 보였다.

마치 게임 BJ의 스트리밍 개인방송을 보듯이 말이다.

SC코퍼레이션의 오너이기에 누릴 수 있는 호사라고 코렛 사장은 생각했다.

카이저의 시점에서 게임이 시작되었다.

역시나 700APM의 미친 손 스피드를 자랑하는 카이저답게 마우스와 화면이 빠르게 움직였다.

과감한 2항공 빌드. 그러나 빌드 오더의 상성이 엇갈렸다. 차이는 1병영 더블이었다.

"빌드 오더가 갈렸잖아!"

"차이가 잘한 것도 있지요."

맥 휴 부사장의 말대로 차이의 운영은 유려했다.

스텔스 전투기 2기가 나타난 순간, 차이는 즉각 기계보병으로 체제를 이어나갔다.

집요하게 스텔스 전투기들이 피해를 주는데도 차이는 흔들림 없이 탄탄했다.

"잘하잖아? 저 카이저의 제자 녀석!"

불리하게 돌아가는 상황에서도 카이저는 눈부신 견제 플레이를 연속으로 성공시켜 상황을 반전시켰다. 하지만 그때, 차이의 역 스텔스 전투기 전략이 다시 카이저를 궁지로 몰아넣었다.

이어지는 피 말리는 싸움은 결국 차이의 승리로 돌아갔다.

"배은망덕한 놈……."

"승부의 세계에 무슨 헛소리이십니까?"

"닥쳐! 제길, 빨리 다음 경기를 보여줘."

"사나다와 황의 경기 말씀이십니까?"

"카이저의 경기 외엔 관심 없어!"

응원하는 카이저의 패배에 몹시 심기가 불편해진 코렛 사장이 씩씩거리며 재촉했다.

마치 판돈을 다 잃은 도박중독자 같아 맥 휴 부사장은 쯧쯧 혀를 찼다.

4세트, 패배조로 떨어진 카이저와 사나다 료의 대결이었다. 맵은 하필이면 신족 맵인 '나락'이었다.

"맥, 설마 카이저가 탈락한 것은……."

"정말 알려드릴까요?"

"아니, 맥주나 마시자."

코렛 사장은 사장실에 있는 작은 와인냉장고에서 맥주 2병을 꺼냈다.

지형이 거의 평지라 신족에게 매우 유리한 맵 나락. 거기서 사나다 료를 만난 카이저가 구사한 전략은 전차 더블이었다.

고속전차를 뽑고서 앞마당 확장 기지를 가져가는 빌드 오더로, 신족을 상대로 쓰이는 체제였다.

사나다 료의 거신 병기 1기가 카이저의 진영으로 다가왔다. 카이저는 이미 참호를 지어 대비해 놓고 있었다. 오히려 참호에서 보병 4명이 뛰쳐나와 거신병기를 공격했다.

거신병기는 주춤주춤 후퇴.

그런데 그때였다. 이신의 완성된 고속전차가 그 틈을 타서 밖으로 몰래 빠져나갔다.

"오, 제길! 역시 천재야."

"멋진 센스였습니다."

보병 4명으로 밀어붙여 물러서게 만들고, 상대가 모르게 고속전차 1기를 내보냈다.

아직 스피드 업그레이드도 지뢰 개발도 되지 않았지만, 카이저의 고속전차였다.

시계방향으로 맵 센터를 우회하여 상대의 진영에 접근.

하지만 바로 들어가지 않고 잠시 대기.

무엇을 기다리는 것일까?

카이저의 시점에서만 진행되는 플레이 영상으로는 알 수가 없었다. 카이저의 생각까지 볼 수는 없지 않은가.

"저게 또 아주 멋진 장면이었죠."

"그래?"

"사나다 료의 본진에서 거신병기 2기가 더 나가고 있었습니다. 바로 돌입했으면 거신병기들과 맞닥뜨렸겠죠."

"보이지도 않는데 그걸 알았다고?"

"카이저잖습니까. 보지 않아도 머릿속에서 타이밍 계산이 정밀하게 되고 있었던 겁니다."

이어지는 장면은 압권.

거신병기들이 떠난 틈을 타서 상대의 본진에 침투한 고속전차 1기가 사나다 료의 체제를 전부 파악했다. 그리고 자원을 채집하는 신도들을 사냥하기 시작했다.

스피드 업그레이드가 안 된 고속전차 1기일 뿐이었지만 카이저는 매서운 컨트롤로 신도를 4기나 잡았다.

거신병기가 달려와 저지했음에도, 사거리를 정확하게 계산하고 치고 빠지며 집요하게 사냥한 결과였다.

상황은 계속 전개됐다.

4기의 거신병기가 카이저의 앞마당 앞에서 무력시위를 하며 참호를 때리는 상황.

건설로봇 4기가 참호에 붙어서 수리해야 했다. 그렇게 기동포탑의 포격모드가 개발 완료될 때까지만 버티면 되는 일이었다.

신족 또한 참호를 때려서 수리 비용을 쓰게 만들려는 가벼운 견제일 뿐이었다.

그런데 그때였다.

고속전차 난입에 신도 4기를 잃은 것이 분했던 탓일까?

사나다 료가 아주 날카로운 공격을 시도했다.

광신도 1기를 던져서 총알받이로 삼고, 거신병기 4기가 일제히 돌입!

노리는 건 아직 포격모드 개발이 완료 되지 않은 기동포탑이었다.

"오!"

"상대도 만만치 않지요?"

광신도 1기의 존재를 숨겨놨던 사나다 료의 회심의 한 수였다.

참호에 들어가 있는 보병의 기관총세례를 광신도로 막고, 거신병기는 그대로 돌입해 기동포탑을 잡는다!

그 기습은 성공을 거두어서 기동포탑 1기가 박살 나버렸다.

사나다 료는 거기서 그치지 않았다. 아예 본진으로 들어가 추가 생산된 또 1기의 기동포탑까지 노리는 것이었다.

하지만 그것은 실수였다. 아니, 과감한 공격이었다고 칭찬받아 마땅했다.

하지만 상대가 이신이면 그러면 안 된다. 왜냐하면,

"좋아!"

앞마당에서 식량 자원을 채집하던 건설로봇들이 일제히 달려들어 본진 출입구를 블로킹했다.

한순간에 넓게 퍼진 건설로봇들이 거신병기들을 오도 가도 못하게 에워싸 버렸다.

참호 안에 있던 보병 4기와 기동포탑 1기가 건설로봇들과 함께 거신병기들을 집중 공격했다.

바로 이것이었다.

"하나 잡고 멈췄어야지!"

"카이저의 건설로봇 블로킹을 뚫는 데 성공했던 선수를 본 기억이 별로 없군요."

"황 정도가 다야. 황도 대개는 실패했고."

카이저에게 치즈러시를 절대 해서는 안 되는 이유와 일맥상통했다.

건설로봇 컨트롤이 너무 좋기 때문이었다.

체력이 강하고 서로 수리까지 할 수 있는 건설로봇은 카이저의 컨트롤과 만났을 때 무적이 된다.

거신병기 4기를 모두 잃은 사나다 료는 급격히 불리해졌다. 병력을 모아 치고 나온 이신이 지뢰를 매설하며 강하게 사나다 료를 조여들어 갔다.

결국 숨 막히는 압박에 고사당한 사나다 료가 패배를 선언했다.

"휴우, 다행이군."

"앞선 3세트에서는 차이가 황을 꺾었습니다. 패자조에서는 카이저가 이겼으니, 이제 카이저와 황이 16강 진출을 걸고 최후의 싸움을 벌이게 된 것이죠."

"누, 누가 이겼는데?"

"결과를 보면 놀라실 겁니다."

"서, 설마 카이저가 진 거야? 황에게? 아무리 라이벌인 황이라도 카이저의 상대가 못 되잖아?"

"휴, 너무나 충격적인 결과였습니다."

맥 휴 부사장은 계속 과장된 말로 코렛 사장을 놀렸다.

"제길! 빨리 다음 경기 보여줘!"

그렇게 마지막 5세트, 카이저와 황병철의 최종전이 시작되었다. 하지만 맥 휴 부사장의 허풍과 달리 경기는 아주 허무하게 끝나 버렸다.

8병영 치즈러시에 황병철의 앞마당이 날아가 버린 것이었다.

"대단한 대결이 될 줄 알았는데, 황이 불쌍한데."

"앞선 차이와의 대결에서 황은 47분짜리 긴 사투를 벌이느라 진이 빠져 있었습니다."

그렇게 1조에서 16강에 진출한 선수는 차이와 카이저로 확정되었다.

"카이저의 개인 화면으로 경기를 보신 소감이 어떠십니까?"

"눈알이 핑핑 돌던데."

코렛 사장은 고개를 절레절레 내저었다.

이렇게 화면이 쉴 새 없이 전환되면서 곳곳에서 해야 할 플레이를 동시에 한다.

엄청난 프로게이머의 멀티태스킹. 일반인인 코렛 사장으로서는, 그중에서도 가장 강력한 멀티태스킹을 자랑하는 카이저의 시점은 현기증이 날 정도였다.

"저렇게까지 해야 하는 이유는 손이 너무 많이 가기 때문이야."

"병력을 생산하는 것도, 생산된 일꾼을 자원에 붙이는 것도 일일이 수작업으로 행해져야 하지요."

"그걸 잘하는 것도 프로게이머의 역량이라고는 하지만, 너무 가혹한 일이야. 어린아이를 데려다가 저렇게 할 수 있을 때까지 혹독하게 반복 훈련을 시켜야 한다니. 20대 중반밖에 안 된 한창때의 카이저가 은퇴를 고려하고 있다니. 너무 잔인한 세계가 아닌가."

"그게 현재의 e스포츠입니다."

"역시 이건 개선이 필요한 일이야. 난 카이저가 좀 더 오래 프로게이머로 활약했으면 좋겠어."

코렛 사장은 책상에 놓인 두툼한 서류 뭉치는 툭툭 쳤다.

서류 뭉치의 첫 장에는 이렇게 제목이 쓰여 있었다.

—Space Craft Remaster.

제8장

리마스터

　돼지고기가 들어간 김치찌개가 메인으로 저녁 식탁이 차려졌다.

　이신과 제자 넷이 모여 앉아 식사를 시작했다. 식사를 차린 당번 차이는 씨익 웃으며 말했다.

　"16강 진출 축하드려요."

　"……."

　그런 차이를 바라보는 이신의 표정이 뚱했다.

　킥킥거리며 주디가 웃었다. 자신을 이긴 상대에게 축하받고 싶은 사람은 아마 없으리라.

　"내가 2항공 빌드 쓸 거라고 예상했어?"

　이신이 물었다. 차이는 고개를 끄덕였다.

"2기갑이나 2항공 둘 중 하나라고 생각했어요. 투지는 선생님이 데뷔하시기 전부터 있었던 맵이잖아요. 오랫동안 해온 맵이니 가장 익숙한 패턴을 쓰시리라 싶었어요."

"잘했군."

이신은 고개를 끄덕이며 차이를 칭찬했다.

투지는 3종족 밸런스가 가장 균형 잡힌 맵으로 호평을 받았다. 그래서 이신이 막 데뷔하던 시절부터 지금까지 계속 쓰이고 있었다.

게다가 서로 간의 거리도 짧은 편. 그래서 차이는 이신이 보다 일찍 승부를 결판 짓고 싶어 할 거라고 생각했다.

"어찌 되었던 둘 다 16강 갔으니까 됐잖아요. 저는 큰일이라고요."

존이 투덜거렸다.

존은 괴물에게 매우 강했지만 신족과 같은 인류에게 약했다.

그런데 그런 존이, 세계 최강의 신족 중 하나로 평가되는 최영준의 지명을 받아버렸다.

존은 자신이 있는 괴물을 지명했고, 그랬더니 그 선수는 종족 상성상 신족을 지명했다. 같은 조에 신족이 2명이나 있고 그중 하나는 최영준이라는 난감한 처지가 된 것이었다.

"최영준은 그렇다 쳐도 다른 두 명을 잡으면 되지 않을까?"

차이의 의견에 존의 표정이 일그러졌다.

"그게 말처럼 쉽냐?"

"실력이 안 되면 떨어지는 거야."

이신이 가볍게 결론을 내려 버렸다.

존이 입술을 삐죽 내밀었다.

"그러고 보니 주디도 첫 상대가 오광태지?"

"네."

"그럼 둘 다 신족과 연습을 해야겠군."

결국 훈련을 마치고 집에 돌아와서는 이신이 신족으로 연습 상대가 되어주기로 했다.

그렇게 그들은 식사를 마치고 자연스럽게 컴퓨터 앞에 앉았다.

이신은 인터넷 브라우저를 열어 새로 온 이메일을 확인했다.

그중 SC코퍼레이션이라는 타이틀을 달고 온 이메일이 눈에 띄었다.

'뭐지?'

클릭해서 내용을 확인해 보았다.

—친애하고 존경하는 카이저 폐하께.

먼저 16강 진출을 축하드립니다. 제가 한국의 프로리그를 챙겨 보는 이유는 오직 당신이 거기 있기 때문입니다.

소개가 늦었군요.

제 이름은 데이비드 코렛이라고 합니다. 직접 뵌 적도 여러 번 있었지요? 매년 월드 SC 그랑프리에서 제가 당신의 목에 금메달을 걸어드렸잖습니까. 기억나시죠?

기억이 난다.

월드 SC 그랑프리에서 늘 시상식에 나타나 선수들에게 메달을 걸어주는 백인 남자였다.

그 기억이 아니더라도 스페이스 크래프트를 탄생시킨 SC코퍼레이션의 오너 데이비드 코렛을 모를 리 없었다.

또한 데이비드 코렛은 프로 팀을 하나 소유하기까지 했다. '팀 코렛'은 미국 SC 프로리그의 중위권에 랭크되어 있었다.

'내게는 무슨 일이지?'

─이렇게 이메일을 보내는 이유는 다름이 아니라 카이저를 뉴욕에 초대하고 싶기 때문입니다.

e스포츠와 스페이스 크래프트의 미래를 놓고 당신과 중요한 대화를 나누고 싶습니다.

비밀을 하나 이야기하자면, 저희는 스페이스 크래프트의 리마스터에 착수하고 있습니다. 이에 대하여 당신의 의견이 다수 반영되었으면 합니다.

시간이 나시거든 놀러오세요. 언제든 환영입니다.

당신의 팬 데이비드 코렛이.

'뭐?'

이신은 깜짝 놀랐다.

스페이스 크래프트 리마스터라니?!

보통 리마스터라고 한다면 옛날 게임의 그래픽 개선이나 오류 수정, 신규 유닛 추가 등이 이루어지는 경우가 많았다.

　　'나와 이야기를 하고 싶다는 건 이 리마스터가 게임에 영향을 크게 줄 수 있기 때문이다.'

　　스페이스 크래프트는 워낙에 오래된 게임이었다. 당연히 그동안 쌓여 왔던 게이머들의 불만 사항도 많았다. 이신도 게임에 대해 할 말이 많은 사람 중 하나였다.

　　"주디."

　　"네, 선생님."

　　"내일 당장 뉴욕으로 갈 수 있을까?"

　　"우리 가족 전용기는 안 되고, 예매를 해볼게요. 그런데… 뉴욕?"

　　"뉴욕에 다녀올 일이 생겨서."

　　"네, 예매를 할게요."

　　주디는 무슨 일인지 굉장히 궁금했지만 더 캐묻지는 않았다.

　　이신은 이어서 최환열에게 전화를 걸었다.

　　"나 뉴욕 다녀올게."

　　—뭐? 뜬금없이 무슨 소리야?

　　"당분간 팀은 형이 맡아줘."

　　—뉴욕에는 갑자기 왜?

　　"코렛 만나러."

　　—혹시 SC코퍼레이션 사장 데이비드 코렛 말하는 거냐?

　　"어."

─헐, 그 사람이 널 갑자기 왜?

"돌아와서 이야기해 줄게."

─그래, 그럼 다녀와. 너 없어도 팀은 잘 돌아가니까.

이제 막 32강전을 끝낸 터라 이신에게는 시간적 여유가 있었다.

개인리그와 병행되고 있는 프로리그는 올도어SCC의 1군 전력이 매우 막강해 이신 하나 빠져도 문제 될 게 없었다.

그날, 이신은 뉴욕행 비행기 티켓을 예매했다. 그리고 이메일로 답장을 보내 내일 간다는 것과 도착 시간을 통보했다.

＊　　　＊　　　＊

번갯불에 콩 구워먹듯이 이신은 급작스럽게 공항으로 향했다.

"어? 이신이다!"

"우와, 존잘."

"사인 좀 해주세요!"

인천 공항에 나타난 이신은 단연 사람들의 눈에 띄었다.

사람들이 이신을 스마트폰 카메라로 찍거나 사인을 요청했다.

인천 공항에 나타난 이신의 사진이 SNS를 통해 퍼지면서, 그 소식은 e스포츠 전문 언론들에 의해 기사화되었다.

—인천 공항에서 이신 포착!

—이신의 갑작스러운 출국, 왜?

심지어 이신의 목적지가 뉴욕이라는 것까지 삽시간에 알려졌다.

출국 심사를 마치고 게이트 앞에서 비행기를 기다릴 때, 같은 뉴욕행 비행기를 타는 승객들이 SNS로 이신을 본 것을 자랑했기 때문이었다.

이신의 뉴욕행 목적에 대하여 올도어SCC는 침묵을 지켰다. 이 탓에 더 궁금증을 느낀 기자들이 직접 SC코퍼레이션 뉴욕 본사에 전화를 걸어 문의하기에 이르렀다.

결국은,

—데이비드 코렛 : 어제 카이저에게 시간 나면 놀러오라고 이메일을 보냈다. 그랬더니 지금 뉴욕에 오고 있다고 한다! 너무 행복하다! lol

SC코퍼레이션의 코렛 사장이 직접 SNS에 이신을 초대한 사실을 밝혔다.

e스포츠계는 그야말로 난리가 났다.

전 세계의 모든 프로게이머를 대표할 수 있는 이신. 그리고 스페이스 크래프트를 개발한 장본인인 코렛 사장.

그런 두 사람의 만남이 그냥 사소한 친목 도모 정도로 끝날 리는 없는 것이었다.

—대체 코렛이 카이저를 왜 보자고 한 걸까?

—설마 SC2를 개발하려는 게 아닐까?

—SC2라니! 난 그런 건 싫어! 그냥 지금 있는 SC1의 그래픽 개선 정도로 끝내줬으면 좋겠어.

—난 새로운 SC 시리즈 후속작에 찬성이야. SC는 이제 지겹다고.

—넌 야구가 지겨우니까 야구 선수더러 풋볼을 하라고 할 참이냐?

—잠깐만, 싸우지들 마. 정말 그냥 사소한 만남일 수도 있잖아. 코렛의 지난 SNS 기록을 훑어보면 알겠지만, 그는 카이저의 광팬이야. 그가 카이저를 개인적으로 초대한 건 이상한 일이 아니라고.

—위에 너 바보냐? 확실히 코렛은 카이저의 광팬이니까 아무 이유 없이 초대할 수 있겠지. 근데 카이저는 아무 이유 없이 대뜸 비행기를 탈 사람이 아니라고!

—천문학적인 돈다발을 내밀었는데도 끝내 저 작은 한국에서 좀처럼 안 나오는 남자지, 카이저는. 그런 카이저가 하루 만에 불쑥 뉴욕행 비행기에 몸을 실었다는 게 과연 무슨 뜻일까?

—보통 중요한 일이 아니라는 거지.

—정말 SC코퍼레이션이 소문만 무성했던 SC2를 개발하려고 하는 걸까?

—SC2 건은 되어야 엉덩이 무거운 카이저가 손살같이 달려오지.

—맞아, 그게 아니면 카이저는 SC코퍼레이션 사장이 아니라 대통령이 불러도 안 갈 사람이지.

—웃기는 놈들이네. SC2 개발에 카이저는 왜 불러? 카이저가 싫다고

하면 개발 접게? 말이 되는 소리들을 해라.

—프로게이머의 의견을 최대한 SC2에 반영하기 위해서 부른 거지 등신아. 저능아가 똑똑한 척을 하고 있어.

전 세계 네티즌들이 관심을 갖고서 수많은 추측을 했다. 그러면서 예전부터 소문은 있었던, 스페이스 크래프트2에 대한 열띤 논쟁이 시작되었다.

스페이스 크래프트를 3D로 만들면 얼마나 좋겠냐는 주장도 있었고, 그래픽만 개선된다면 모를까 아예 다른 게임으로 만들어 버리면 기존의 프로게이머들은 어떻게 해야 하냐는 목소리도 있었다.

한국에서도 마찬가지였다.

개인리그라는 핫한 이벤트가 진행 중이었음에도, 각 커뮤니티에 올라오는 글들은 온통 SC2 이야기뿐이었다.

＊   ＊   ＊

뉴욕 JFK 공항에 도착하자 마중 나온 사람이 있었다.

"Kaiser!"

낯익은 얼굴을 한 덩치 큰 백인 사내가 반갑게 손을 흔들고 있었다.

월드 SC 그랑프리 개인전에서 최종 우승을 했을 때마다 시상식에서 금메달을 목에 걸어주던 그 남자였다.

"코렛?"

"Yes! Nice to see you again!"

코렛 사장은 뭐라고 신나게 영어로 지껄이며 한껏 반가워했다.

그와 함께 온 젊은 동양인 여성이 활짝 웃으며 말했다.

"또 뵙네요, 이신 씨."

"만난 적이 있었던가요?"

이신이 물었다.

한국인으로 보이는 여성은 잠시 상처받은 얼굴이 되었다.

"작년에 라스베이거스에 이벤트 매치를 하러 오셨을 때 통역을 해드렸잖아요."

"아."

그제야 기억이 났는지 이신은 고개를 끄덕였다.

하지만 단지 그뿐.

이신은 그녀를 없는 사람 취급하고는 코렛 사장에게 말했다.

"리마스터를 계획 중이라고 들었습니다."

시무룩해진 그녀는 정말로 없는 사람처럼 된 채 통역사로서의 역할에 충실해야 했다.

"하하, 그 얘기는 좀 천천히 하고 일단 식사부터 하는 게 어떨까요?"

"좋습니다."

"바비큐는 어떠세요?"

"뭐든 상관 안 합니다."

"오케이, 바비큐를 먹으러 갑시다!"

그렇게 차를 타고 이동해서 도착한 곳은 식당이 아니라 웬 으리으리한 저택이었다.

"우리 집에 온 것을 환영합니다. 내가 솜씨를 발휘할 테니 기대하세요."

그렇게 해서 이신은 코렛 사장의 집 안뜰에서 그가 구워주는 바비큐를 먹어야 했다.

'간단한 식사를 원한다고 정확하게 말해야 했나.'

먹는 일에 많은 시간을 투자하는 걸 싫어하는 이신에게 바비큐 파티는 당최 체질에 안 맞았다.

그러거나 말거나 코렛 사장은 신나게 이것저것 떠들어댔는데, 통역에 따르면 대체로 이신의 훌륭한 게임 실력을 찬양하는 말들이었다.

코렛 사장은 쾌활하고 순진한 사나이였다. 거대한 부를 축적했으며 SC코퍼레이션이라는 전설적인 게임사를 경영하는 오너답지 않은 순수함이 보였다.

그는 돈보다 자신이 만든 스페이스 크래프트에 대한 열정이 더 중요해 보였다.

그 점이 가장 마음에 들었다. 마음에 안 드는 점은 말이 너무 많다는 것이었고 말이다.

그런데,

"카이저."

요란하게 잡담을 해대던 코렛 사장이 문득 진지한 어조로 말을 걸었다.

"은퇴는 언제 할 생각입니까?"

통역을 통해 그 질문을 들은 이신은 표정이 굳었다.

불의의 기습을 당한 기분이었다.

"기분 나빴다면 죄송합니다. 물론 카이저의 은퇴를 원해서 물어본 질문은 아니었어요. 오히려 그 반대죠."

"알고 있습니다. 은퇴는 내년에 할 생각입니다."

"단체전 금메달을 따고요?"

"잘 아시는군요."

"말했잖습니까. 전 당신의 광팬이라고요."

구운 바비큐와 옥수수를 함께 먹으며 두 사람은 계속 대화를 나눴다. 물론 통역사도 함께 식사를 하며 두 사람의 대화를 이어주었다.

"진심으로 난 당신의 광팬이에요. 이유를 아시겠습니까?"

"글쎄요."

"당신이 내가 만든 게임을 더 아름답게 해주니까요."

"감사합니다."

"이건 빈말이 아니에요. 당신은 이 게임을 만든 저도 모르는 방식을 찾아내서 게임을 더 멋지고 드라마틱하게 만들어요."

"이 게임을 만들어주셔서 아주 감사하게 생각합니다."

"하하, 제가 이 게임을 안 만들었다면 카이저가 이렇게 부자가 되지 못했겠죠? 우린 서로 상부상조하고 있군요. 악어와 악어새예요. 음? 죄송해요, 좀 더 아름다운 동물이 생각나지 않네요."

껄껄 웃는 코렛 사장. 이신도 피식 웃게 되었다.

"너무 빠르다는 생각은 하지 않나요?"

"오히려 남들보다 오래 버텼다고 생각합니다."

"오, 질문을 좀 더 구체적으로 드려야겠군요. 축구나 농구, 야구 등 다양한 분야의 스포츠 선수들과 비교했을 때, 카이저는 아직 은퇴를 고려하기에는 너무 젊지 않나요?"

"비교할 수 있는 대상이 아닌 것 같습니다."

"그게 문제죠. 스페이스 크래프트는 말이죠."

"……?"

이신이 의아한 얼굴로 코렛 사장을 쳐다봤다.

코렛 사장이 말했다.

"피지컬의 부담이 너무 커요. 혹독한 멀티태스킹이 요구되는 가장 큰 이유는 사소한 부분까지 일일이 수작업으로 해야 하는 부담 때문입니다."

"그렇긴 합니다."

"실례하지만 카이저의 개인 시점으로 얼마 전에 치른 32강전 경기들을 보았어요. 사실 그 전의 경기들도 마찬가지고, 파프리카? 그쪽에서 한 개인방송도 보았고요."

"제 개인 시점이라고요?"

"예, 가장 알고 싶은 건 프로게이머들이 플레이를 하면서 가장 어려워하는 게 무엇인지 알고 싶었어요."

"그래서?"

"가장 많은 시간을 할애하는 건 유닛을 생산하고 건설로봇에게 일을 시키는 것이더군요. 수많은 건물을 일일이 클릭해서 생산 명령을 하나하나 내려야 하는 것이죠. 예를 들면, 사장이 중간 관리자 없이 모든 말단 직원들에게 업무 지시를 일일이 내리듯이 말이죠. 휴, 상상만으로도 끔찍한 일이군요. 그래서 유능한 CEO들이 워커홀릭인가 보네요."

이신은 고개를 끄덕였다.

노는 일꾼이 없을수록, 노는 건물이 없을수록 자원·시간 대비 효율이 상승한다.

그걸 잘 관리하는 게 전투 시의 컨트롤보다 더 중요할 때도 있다. 특히나 장기전으로 잘 가는 요즘 추세에서는 더더욱.

장기전이 되어서 관리해야 할 게 너무나 많아지면, 전투 컨트롤에 시간 낭비할 틈이 없다.

유닛 컨트롤에 신경 쓰는 동안, 생산된 새로운 전투 유닛과 일꾼은 가만히 논다.

그처럼 일일이 손이 많이 가는 부분 때문에 더 힘들어진다.

"만약 그런 것들이 간소화된다는 어떻겠습니까?"

코렛 사장의 말에 이신은 놀랐다.

SC 리마스터라는 것이 바로 그런 점이라는 것을 깨달았다.

"어떤 식으로 말입니까?"

이신은 강한 흥미를 보였다. 코렛 사장은 회심의 미소를 짓고서 말했다.

"식사도 다 했는데 놀러갈까요?"

꽉 눈살이 찌푸려지는 이신. 코렛 사장이 능글맞게 웃었다.

"직접 보여드리는 게 더 재미있을 것 같아서요."

"벌써 만들었단 말입니까?"

"이제 시작 단계에요. 하지만 손을 보기가 간단한 부분은 벌써 조금 해뒀지요."

그들은 다시 차를 타고 움직였다.

SC코퍼레이션 본사는 뉴욕 브루클린에 위치해 있었다. 거대한 우주선처럼 생긴 재미있는 건물이었다.

"우리 회사 좋죠?"

"재미있게 생겼군요."

익살스럽게 생긴 건물 내부에는 호수와 공원이 조성되어 있어 수많은 직원들이 모여서 잡담을 나누고 있었다.

일 안 하고 저렇게 놀고 있어도 되나 의아스러웠지만, 나름의 회사 방침이려니 싶어 딱히 물어보지는 않았다.

직원들은 출근한 사장을 보았음에도 당황하거나 허둥거리지 않았다. 가볍게 손을 흔들며 친구 대하듯 인사하는 것이었다. 코렛 사장도 직원들에게 웃으며 화답하며 화기애애한 분위기를 만들었다.

하지만 코렛 사장을 봐도 가볍던 직원들이었지만 그 옆에 있는 또 다른 사람을 보고는 화들짝 놀라 벌떡 일어났다.

"Kaiser? really?!"

"Oh, god!"

직원들이 우르르 달려와 이신에게 모여들었다. 덕분에 이신은 정신이 하나도 없어졌다.

결국 코렛 사장과 이신의 뒤로 직원들이 우르르 따라오는 행렬이 만들어졌다.

"자, 우리 한판 붙어볼까요?"

코렛 사장이 문득 제안했다. 통역을 통해 그 말을 들은 이신은 자신의 귀를 의심했다.

"저와 말입니까?"

"예! 정정당당한 일대일로요."

"오오!"

"코렛! 코렛!"

직원들이 팬클럽이라도 되는 것처럼 연호했다.

코렛 사장은 이신을 회사 내부에 있는 게임룸으로 안내했다.

이것저것 장난감과 각종 피규어로 장식된 게임룸. 이곳에서도 직원들이 게임을 하며 놀고 있었다.

이 많은 직원이 월급 받고서 하는 게 노는 건가 싶어 의아스럽기까지 했다.

게임룸에서 놀던 직원들도 코렛 사장보다는 이신을 보고 화들짝 놀랐다.

"자, 다들 비켜주시지? 나와 카이저의 역사적인 대결이 곧 시작되니까!"

게임룸에서 놀던 직원들이 환호했다.

결국 이신과 코렛의 자리에 마련되었다. 이신은 가방에서 늘 가지고 다니는 장비를 세팅하기 시작했다.

맞은편 자리에서 코렛 사장이 장난스럽게 말했다.

"방심하면 큰코다쳐요. 전 이래 봬도 이 게임을 만든 장본인입니다."

실제로 온라인에 접속해서 코렛 사장의 아이디를 보니 랭킹이 D등급이었다.

아마추어 중에서는 꽤 한다고 볼 수 있는 편. 30대 중반이라는 코렛 사장의 나이를 감안하면 대단한 일이었다.

'정말 자기가 만든 게임을 좋아하는군.'

이신은 코렛 사장이 마음에 들었다.

자신이 사랑하고 출세하게 만들어준 스페이스 크래프트를 만든 장본인이니 마음에 들지 않을 수가 있겠는가?

코렛 사장의 종족은 인류. 이신은 신족을 골랐다.

그런데 코렛 사장이 벌떡 일어나 항의를 하는 것이었다.

"날 우습게 보는 게 아니라면 인류를 고르는 게 좋을 거예요!"

이에 이신은 통역사를 통해 말했다.

"우습게 보는 게 맞습니다."

게임룸에 모인 직원들이 깔깔거리며 웃었다.

"배은망덕한 것들! 다들 그만 웃어!"

코렛 사장이 익살맞게 분통을 터뜨리며 직원들과 농담 따먹기를 했다.

게임이 시작되었다.

그런데 게임이 시작되자마자 이신은 깜짝 놀라야 했다. 게임 시작과 동시에 주어진 신도 4명이 저절로 식량 자원을 캐러 움직인 것이다.

그것도 농토에 골고루 말이다.

그때, 통역사가 귓속말로 속삭였다.

"대신전의 랠리 포인트를 농토로 지정해 보라는데요?"

'설마?'

이신은 시키는 대로 해보았다.

그러자,

'……!'

새로 생산된 신도들이 저절로 농토로 달려가 식량 자원을 채집했다.

새로 뽑은 생산 유닛에게 일일이 일을 시키는 귀찮은 조작이 필요 없어진 것이다.

'보여주고 싶은 게 이것뿐인가?'

확실히 이것 하나만으로도 부담이 한결 줄어든 기분이었다.

그런데 참회실 2개를 짓고 거신병기의 사거리 업그레이드를 하다가 이신은 새로운 것을 발견했다.

더블 클릭으로 참회실 2개가 동시에 지정되었다.

단축키로 거신병기 생산을 지정하자 건물을 하나하나 클릭해서 생산을 시켜야 하는 귀찮은 작업이 극도로 간소화되었다.

그것 말고는 달라진 요소가 없었다. 리마스터를 시작한지 얼마 되지 않아서 당장 도입한 부분은 이 정도뿐인 모양이었다.

하지만 코렛 사장이 계획한 SC 리마스터가 어떤 방향성을 지향하는지는 충분히 알 수 있었다.

　스페이스 크래프트 본연의 게임성을 조금도 해치지 않으면서도, 인터페이스만 간편하게 하여서 쾌적한 플레이를 만들어주는 것. 물론 이에 불만을 갖는 프로게이머도 있을 것 같았다.

　주디처럼 이 사소하고 자잘한 부분을 꼼꼼하게 잘하는 프로게이머도 있었다.

　그런 타입의 선수들에게는 자기 강점이 사라지는 셈이었다. 하지만 이신의 입장에서는 그저 땡큐였다.

　'사소한 조작이 간소화되니 전투에 더 집중할 수 있군.'

　보는 관객의 입장에서도 이 편이 더 즐겁지 않겠는가.

　이신의 거신병기들이 코렛 사장의 인류 진영을 압박하기 시작했다.

　거신병기가 계속 무빙을 하면서, 참회실에서 꾸준히 병력이 추가 생산되었다.

　센터를 활보하고 다니며 스노우볼을 굴리기 시작한 이신.

　이윽고 눈덩이처럼 불어난 병력이 코렛 사장의 앞마당을 들이받았다.

　앞장서서 돌격한 것은 단연 광신도들. 그리고 뒤따라 들어온 거신병기가 레이저빔을 쏴댔다.

　코렛 사장의 디펜스는 꽤 잘 구축되어 있어서 뚫기는 힘들었다.

　하지만 이신의 의도도 그저 단순한 소모전이었다.

　총알받이로 앞세운 광신도들이 다 죽자, 이신은 후퇴를 개시했다.

식량 자원만 소모되며 쉽게 생산되는 광신도만 소모하고 빠져 버린 소모전이었다.

거신병기의 숫자만 유지하고 있으면 광신도야 순식간에 충당되는 것이었다.

이신은 계속해서 광신도가 충당될 때마다 공격해 왔다.

문득 이신은 미소를 지었다.

신이 나서 구경하고 있는 SC코퍼레이션 직원들에게 서비스를 해주기로 했다.

아바타 3기가 각기 다른 방향으로 향했다.

일단 1시로 향한 아바타가 1시의 확장 기지에 병력을 소환했다.

거신병기로만 이루어진 소환 병력이 건설로봇들을 빠르게 사냥했다.

이어서 12시 확장 기지에도 아바타가 돌입했다.

그러고는,

"오오!"

1시에 소환됐던 병력들이 다시 12시에 소환된 것이었다.

거신병기들은 이번에도 자원을 채집하는 건설로봇들을 학살했다.

일꾼 대비시키랴, 1시로 구원 가던 병력을 다시 12시로 보내랴, 코렛 사장은 정신이 없었다.

다른 한 아바타가 이번에는 3시로 향하고 있었다.

12시를 휘젓던 거신병기들이 3시로 소환되었다.

한 무리의 거신병기가 1시, 12시, 3시로 옮겨 다니며 코렛 사장을 괴롭힌 것이었다.

직원들은 깔깔 웃으며 즐거워했다.

그렇게 사방을 흔들어놓은 통에 코렛 사장의 병력 배치 상태는 썩 좋지 못했다.

이신이 1시를 향해 총공격을 개시했다.

끊임없이 쏟아지는 신족의 물량!

병력 생산이 간편해진 까닭에 이신은 전투 컨트롤에 집중하면서도 추가 병력을 꾸준히 끌어모을 수 있었다.

몰아치고 또 몰아쳤다. 광기신족 최영준을 연상케 하는 물량!

아바타의 소환 마법을 쓸데없는 장난으로 낭비한 까닭에, 전 병력이 육로를 통해 정면으로 인류를 들이받았다.

마치 자살 특공대 같은 광신도들의 돌격!

하지만 파도가 계속 쳤다. 화끈한 공격에 직원들이 환호했다.

결국은 1시가 뚫려 버렸다. 귀중한 자원 공급처를 잃어버린 코렛 사장은 맥없이 패배하고 말았다.

"흠흠, 이만하면 카이저와 비등한 싸움을 했다고 봐도 되겠지?"

"우우!"

"주제를 알아라!"

"착각도 자유다!"

직원들이 아유를 보냈다.

이신도 미소를 지었다.

'느낌이 좋군.'

당장 고친 2가지 정도로도 이렇게나 플레이가 간편해졌다.

이런 식으로 게임은 그대로 똑같이 유지되되, 인터페이스만 보다 편리해진다면 한층 더 좋은 게임이 될 듯했다.

두 사람이 치른 게임은 옵서버가 중계한 리플레이를 동영상으로 제작하여 코렛 사장의 SNS에 올렸다.

원래 SNS를 자주 하는 코렛 사장이라 금세 댓글이 폭주하기 시작했다.

코렛 사장은 댓글을 훑어보며 낄낄거리고 있었는데, 이신도 알아볼 수 있는 한국인의 댓글도 보였다.

─e스포츠를 대표하는 두 절대자의 승부였다.

─코렛 사장 꽤 하잖아?;;;

─사장님 랭킹 D등급이라고 들었음. 꽤 하는 편임.

─자기가 만든 게임에 저렇게 빠지기도 쉽지 않을 텐데.

─쟤들 대체 왜 만난 거야? 정말 같이 게임하고 놀려고 뉴욕 간 거임?

"SC2는 언제 하냐고 사람들이 묻네요, 하하하!"

코렛 사장이 크게 웃었다.

그러고 보니 이신도 그게 궁금했다.

"SC2는 생각이 없는 겁니까?"

"한동안 우리는 SC코퍼레이션의 미래를 위해 두 가지 방안을 놓고 대립했어요. 한쪽은 SC2, 또 하나는 SC 리마스터죠."

그렇게 코렛 사장의 이야기가 시작되었는데, 그 때문에 통역사가 바빠졌다.

SC2. 그리고 SC 리마스터.

SC2를 개발하자는 쪽은 새로운 타이틀을 판매해서 얻을 수 있는 수익에 중점을 둔 제안이었다.

게다가 SC1과 달리 화려한 3D 그래픽을 도입할 수 있다.

2D인 SC1의 그래픽을 개선하는 일은 3D보다 훨씬 힘든 작업이기 때문이었다.

하지만 결국 코렛 사장이 택한 쪽은 SC 리마스터였다.

그 이유는 간단명료했다.

"저는 SC코퍼레이션을 단순한 게임개발사가 아닌 그 이상의 가치를 추구하는 집단으로 만들고 싶습니다. e스포츠가 바로 그 수단이고요."

코렛 사장이 계속 말했다.

"카이저, 당신은 SC2를 원하십니까?"

그 같은 질문을 이신은 팬들로부터 여러 차례 들은 바 있었다.

그때마다 이신의 답은 하나였다.

"어느 날 피파가 축구에 손을 써도 된다는 룰을 새로 만들면 축구 선수들이나 팬들이 좋아할까요?"

"하하하! 바로 그겁니다! e스포츠는 스포츠예요. 룰이 바뀌어서는 안 되죠!"

코렛 사장이 웃으며 말을 이었다.

"기존의 SC에 그래픽만 3D로 바꾸자는 의견도 다수 있었어요. 하지만 제 결정은 2D를 그대로 유지하는 쪽을 택했습니다."

"왜입니까?"

"3D로 바꾸면 재미있을 것 같나요?"

"잘 모르겠지만 지금보다 더 볼거리가 화려할 것 같긴 합니다."

"그럼 이 게임을 한 번 해보시죠."

"……?"

코렛 사장은 노트북을 꺼내 들고 게임 하나를 실행해 이신에게 건네주었다.

그것은 바로 3D 테트리스였다.

그걸 조금 해보다가 이신은 코렛 사장이 무엇을 말하고 싶어 하는지 알게 되었다.

'더럽게 재미없군.'

바로 직관성의 차이였다.

2D였을 때는 누구나 간단명료하게 알아볼 수 있는 공간감이, 3D에서는 한눈에 파악되지 않는다.

스페이스 크래프트에서는 심시티나 유닛의 사거리 등이 매우 중요한 요소였다.

게다가 전투에 있어서도 병력의 진형과 선수들의 컨트롤이 보는 관객의 입장에서 한눈에 파악된다. 그게 2D의 장점이었다.

"이제 이해가 되셨나요?"

"예, 2D가 나을 것 같습니다."

현기증이 나서 더는 게임을 할 수가 없었다. 이신은 질색하며 테트리스를 종료해 버렸다.

"하하, 못 하겠어요?"

"다른 게임을 해본 것은 이게 처음입니다."

"허어, 그래요?"

정확히는 스페이스 크래프트와 지뢰 찾기 빼고는 어떤 게임도 해본 적이 없는 이신이었다.

"3D를 보니 머리가 어지럽습니다."

"푸하하하!"

코렛 사장은 박장대소를 했다.

뭘 그렇게까지 재미있어하냐고 쳐다보니, 코렛 사장이 낄낄거리며 말했다.

"전통 있는 집안에서 자라셨다고 들었어요. 그래서인지 하나에서 열까지 취향이 노인네 같군요."

'노인네?'

이신의 인상이 와락 일그러졌다.

같이 어울리면서 꽤 친해진 탓일까. 코렛 사장이 계속 놀렸다.

"구형 폴더폰에, 인터넷도 SNS도 안 하고, 자가용은 롤스로이스에, 3D를 보고 현기증을 내고, 푸하하하! 그야말로 60대 노인네잖아요! 아니지, 70대는 되어야겠군요. 그렇지 않고서는 요즘 세상에 스마트폰 안 쓰기도 쉽지가 않거든요."

통역 해주는 통역사 여성까지 웃음을 참는 기색이 역력했다.

"태블릿PC는 씁니다만……."

이신의 입에서 나온 궁색한 변명은 코렛 사장의 깐죽대는 질문에 무너졌다.

"경기 VOD와 뉴스 말고 또 사용하는 어플이 있나요?"

"……."

"크하하하! 역시 카이저답습니다. 무려 e스포츠의 신인데 IT와 거리가 먼 아날로그파라니."

"……."

"사실 부사장과 내기를 했거든요. 카이저가 3년 안에 폰을 스마트폰을 바꿀지 안 바꿀지 말이죠. 물론 저는 안 바꾼다는 쪽에 걸었어요. 카이저잖아요!"

이신은 스마트폰을 사기로 결심했다.

SC 리마스터에 대한 이야기는 계속되었다. 이신은 프로게이머로서 오랜 경험이 있는 만큼 수많은 의견을 냈다.

길을 못 찾고 헤매는 유닛들의 인공지능의 개선과 각종 오류 수정, 그리고 무엇보다도…….

"리플레이 파일이 저장될 때, 상대방의 시점을 볼 수 없게 해야 합니다."

"오, 그렇지요. 맞아요, 그 의견도 많이 들었어요."

코렛 사장도 이신이 의견을 많이 낼수록 좋아하는 눈치였다.

"그럼 일단 생각나는 개선점은 다 말씀드린 것 같습니다."

"그렇군요. 뭐, 제가 소유한 팀의 선수들도 있으니까 계속 개선점을 찾아보도록 하겠습니다. 그런데 그보다 드리고 싶은 제안이 하나 있어요."

"뭡니까?"

의아해하는 이신에게 코렛 사장이 말했다.

"이건 제가 개인적으로 생각했던 일인데, 꽤 의미 있는 일이 될 것 같아서 말이죠."

"……?"

"카이저, 당신의 플레이를 인공지능으로 만들고 싶습니다."

"…예?"

너무나 뜬금없는 이야기라 이신은 그 말뜻을 알아듣기까지 시간이 걸렸다.

"그러니까 제 플레이를 똑같이 구사하는 인공지능을 만들어 보고 싶다는 겁니까?"

"바로 그거죠."

"어째서입니까?"

"여러 가지 이유가 있지만, 가장 큰 이유는 카이저의 아름다운 플레이를 영원히 보존하고 싶다는 생각이 강해서지요. 이건 당신의 팬으로서 떠올린 일이었어요."

"말씀은 감사합니다. 그 외의 다른 이유도 듣고 싶군요."

"카이저, SC의 세 종족 중에서 가장 강력한 종족이 무엇일까요?"

"세 종족 다 나름의 강함을 가지고 있다고 생각합니다."

"하하, 그렇지요. 저도 그렇게 생각해요. 그런데 말입니다……."

코렛 사장의 말이 이어졌다.

"최근 수년간 e스포츠에서는 인류 플레이어의 득세가 두드러지고 있어요. 왜일까요?"

"인류가 적응의 종족이기 때문입니다. 어떤 맵이라도 인류는 결국 그 맵에 특화된 빌드 오더와 전략을 찾아냅니다."

"그런 점도 있겠지요. 그런데 저는 한 가지 변수를 더 꼽고 싶어요."

"그게 뭡니까?"

"바로 카이저 당신이죠."

"저 말입니까?"

"카이저, 당신이 월드 SC 그랑프리에 처음 출전했을 때를 상기해보세요. 전 아직도 잊혀지지가 않는군요."

이신은 의아한 표정이 되었다.

"그 전부터 당신은 관계자 사이에서는 익히 알려져 있었어요. 세계적인 인류 플레이어인 최환열의 제자 격인 존재이고, 자국 리그를 무패 우승했으니까요."

그 당시 한국에서 내세울 만한 세계적인 인지도를 가진 선수라고는 최환열과 오성준 정도가 다였다.

이신은 정말 뜬금없이 그랑프리에 나타난 새파란 신인이었다.

"프로 데뷔 첫해에 월드 SC 그랑프리 개인전 우승이라니, 하하하."

코렛 사장은 고개를 절레절레 내저었다.

"당신은 너무 강했어요, 카이저."

"……."

"차라리 악전고투 끝에 간신히 정상에 올라와 금메달을 거머쥐시지 그러셨습니까?"

무패 우승!

패배도 고전(苦戰)도 없이 뚜벅뚜벅 냉정하게 결승을 향해 걸어 올라가는 이신의 모습은 충격 그 자체였다.

초인적인 디펜스는 바늘 하나 들어갈 틈도 없어 치즈러시가 일절 통하지 않았다.

오죽 했으면 이신의 건설로봇 블로킹 능력을 두고 잔인하다고까지 할까.

상대에게 견제 플레이를 퍼붓는 템포는 살인적으로 빨랐다. 빌드 오더가 엇갈려서 불리한 출발을 했어도, 결국은 폭풍 같은 견제가 시작되면 역전되기 전에는 그 폭풍이 멎지 않았다.

게다가 상대의 생각을 귀신같이 간파하고 허를 찌르는 심리전.

'신이 아닌 이상 인간이 그토록 완벽할 수가 없다.'

그랬다.

그때부터 이신은 신이라 불리기 시작했다.

한국에서뿐만이 아니라, 전 세계의 팬들이 그렇게 불렀다.

"그때 이미 카이저의 실력은 몇 년을 앞서 있었어요. 모두들 카이저의 플레이를 배우고자 노력했고요. 문제는 하필 카이저 당신이 인류 플레이어였다는 사실입니다. 인류 플레이어들은 카이저를 본받아 강해지는데, 신족과 괴물은 그 같은 완벽한 견본이 없었어요."

"……."

"카이저, 엔조 주앙, 마이클 조셉. 현재 세계 최고의 선수라고 꼽히는 선수들 대부분은 인류 플레이어이지요?"

"그렇군요."

"당신을 꺾어 모두를 경악시킨 차이도 같은 인류 플레이어고요."

"예."

"바로 그것 때문에 인류를 너프시켜 밸런스를 조정해야 한다는 목소리도 있었어요. 하지만 저는 그보다는 색다른 해법을 떠올렸지요."

"그게 인공지능입니까?"

"예, 카이저를 인공지능으로 만들어 게임에 탑재하는 겁니다. 그러면 SC를 사랑하고 즐기는 모든 게이머는 원하면 언제든 카이저를 연습 상대로 삼을 수 있지요."

"……."

"그러면 자연스럽게 괴물이나 신족 플레이가 인류를 상대하는 솜씨가 좋아지겠죠?"

이신은 놀라움을 금치 못했다.

데이비드 코렛. SC코퍼레이션의 창업자이자 사장인 이 남자는 발상부터가 범상치 않았다.

이윽고 이신이 말했다.

"하지만 결국 사람이 아닌 인공지능은 약할 수밖에 없습니다."

"어째서죠? 사람과 달리 절대로 실수를 하지 않을 텐데요?"

"플레이 방식이 정형화되어서 결국 해법이 발견되면 쉬운 상대로 전락하겠지요. 물론 프로가 아닌 아마추어들의 연습 상대로는 좋겠지만 말입니다."

"수많은 빌드 오더를 가지고 있어서 정찰로 유저의 체제를 파악하고 맞춰가는 플레이를 할 줄 아는 인공지능이라면?"

"사람이 하는 거짓말에 속을 겁니다."

"한 번은 속겠지요."

"예?"

"하지만 계속되는 대전 경험으로 학습을 한다면 어떨까요?"

"……."

"아, 저 사람은 주로 저런 스타일을 구사하지, 하고 경험을 통해 학습하는 인공지능이라면?"

이신은 할 말을 잃었다.

만약 그런 인공지능을 짠다면 정말 대단할 것이다.

"그런 게 탄생하면, 카이저는 영구보존이 되어 모든 유저가 겨룰 수 있는 상대로 영원히 남을 겁니다."

코렛 사장은 흥분하여 말을 이었다.

"누구도 꺾지 못한 절대강자 카이저가 인공지능이 되어 지구상의 모든 게이머에게 도전장을 날리는 겁니다. 자, 나를 이겨 봐! 내가 은퇴할 때까지 너희는 내 권좌를 빼앗지 못했지. 이제라도 해봐! 푸하하! 생각만 해도 정말 짜릿하지 않을까요?!"

괴짜로 소문난 코렛 사장다운 아이디어였다.

하지만 이신은 다른 생각을 하고 있었다.

'만약 그렇게 나를 똑같이 구현한 인공지능과 내가 겨룬다면 어떻게 될까?'

심장이 요동치기 시작했다.

이제는 절대로 만날 수 없는 프로게이머가 있다. 그것은 전성기 시절의 이신 자신이었다.

그때는 지금과 달랐다. 지금은 3종족을 모두 구사할 줄 알지만, 예전에는 그럴 필요가 없었다.

전성기 시절의 이신은 초인적인 피지컬로 모두를 찍어 눌렀다.

인공지능을 만든다면 그때의 자신을 구현할 수 있을지도 모른다.

'젊은 시절의 나와 지금의 내가 겨룬다면 과연 누가 이길까?'

아직은 발상에 불과한 이야기였음에도, 이신은 벌써 승부욕을 느끼기 시작했다.

＊　　　　＊　　　　＊

늦은 저녁.

한국에 돌아왔을 때, 이신은 많은 관심을 받고 있었다.

e스포츠계를 주무르는 거인 데이비드 코렛 사장과 이신의 만남!

스페이스 크래프트 후속작에 대한 이야기가 나오고 있는 이때, 두 사람의 만남은 매우 의미심장한 것이었다.

"이신 선수, SC코퍼레이션 본사에 방문하신 용건이 무엇이었습니까?"

"코렛 사장과 어떤 문제를 상의했습니까?"

"일각에서 SC2에 대한 의견을 주고받았을 것이라는 추측이 제기되었는데 사실입니까?"

쏟아지는 기자들의 질문에 이신이 입을 열었다.

"중요한 문제를 상의한 건 사실입니다."

"그 중요한 문제가 무엇입니까?"

"스페이스 크래프트 후속작입니까?"

이신이 귀찮다는 듯이 손을 휘휘 내저었다.

"그것에 대한 문제는 SC코퍼레이션 측이 직접 발표하는 것이 순리지 제 입에서 먼저 나오는 건 옳지 않아 보입니다. 조만간 아시게 되리라 생각됩니다."

"하나만! 하나만 알려주십시오. SC2가 출시되는 겁니까?"

"노코멘트."

짧은 대구와 함께 이신은 기자들을 헤치고 지나갔다.

하지만 집에 돌아왔을 때, 자신을 기다리고 있던 네 제자의 초롱초롱한 눈빛과 마주해야 했다.

"다녀오셨어요. 식사는 하셨고요?"

"선생님, SC코퍼레이션 본사는 어땠어요?"

"코렛 사장은 어떤 사람이었어요?"

첫 번째 질문은 주디.

두 번째와 세 번째는 존과 차이였다.

장양은 말은 없지만 이신의 대답을 기다리는 중이었다.

"…내 말은 어디 가서도 하지 마."

"네!"

이구동성으로 대답하는 제자들.

"SC2는 안 나와."

"예? 그럼요?"

"SC2 나올 것 같다고 아빠가 SC코퍼레이션 주식 샀는데."

마지막 말은 존이었다.

이신은 혀를 찼다. 바로 저런 반응이 나올까 봐 함부로 발언을 안 했다.

자신이 코렛 사장을 만나러 갔다는 소식이 뜬 순간부터 SC코퍼레이션의 주가가 올랐다는 뉴스를 이신은 접했던 것이다.

"대신 SC가 리마스터되어서 출시될 거야."

"리마스터요?"

"그럼 새로운 게임이 나오는 건 아닌 거죠?"

"다행이다."

갑자기 새로운 게임이 출시되어 버리면 SC에 인생을 바친 선수들 입장에서는 닭 쫓던 개 같은 처지가 될 수 있었다.

"어차피 SC코퍼레이션도 곧 발표를 할 테지만, 그래픽이랑 인터페이스, 인공지능을 개선시키는 방향으로 갈 거야."

"그럼 그냥 현시대에 맞춰 업그레이드가 될 뿐이겠네요?"

차이가 물었다.

이신은 자신이 체험해 본 인터페이스의 개선에 대해 설명해 주었다.

지정만 해놓으면 생산된 즉시 자동으로 자원 채집을 하는 일꾼들.

건물들이 더블 클릭으로 한 번에 선택할 수 있어 유닛 생산이 더 편해진 것.

"그밖에도 한 번에 선택할 수 있는 유닛 숫자가 무제한이 될 거야."

"우와, 되게 편해지네요."

"잔손이 가는 일이 한결 줄어드는구나."

이신이 계속 설명했다.

"앞으로의 연습에서는 전략·전술과 컨트롤에 보다 초점을 맞추도록 해. SC코퍼레이션은 혹독한 멀티태스킹보다 실시간 전략 시뮬레이션 본연의 재미를 더 강조할 것 같으니까."

"네!"

그날 이후로 이신은 수시로 걸려오는 전화를 받아야 했다.

─하나만 말해. SC2 나와 안 나와?

전화를 받자마자 대뜸 질문을 던지는 사람. 목소리의 주인공은 다름 아닌 황병철이었다.

얼마 전에 32강전에서 이신이 치즈러시로 탈락시켰기 때문에 사이가 껄끄러워진 황병철이 직접 전화를 건 것이었다.

그런 껄끄러움을 감수하고라도 알고 싶어 한다는 의미였다.

"몰라."

─뭘 몰라. 어디 가서 말 안 할 테니까 살짝 말해봐.

"모른다고."

─지랄 말고. 네가 나한테 빚이 하나 있지?

이신은 황당해졌다.

"무슨 빚?"

─작년에 월드 SC 그랑프리에서 예선 탈락했을 때 네가 언론에 대고 나더러 뭐랬어?

"맛이 갔다고 했지."

이신은 태연자약하게 대꾸했다.

─그 뒤로 인터넷 커뮤니티에서 날 뭐라고 부르는지 알아?

"몰라."

─맛 간 괴물이다, 이 자식아.

"……."

이신은 할 말이 없었다. 그건 조금 미안했다.

"아무한테도 말하지 마."

—알아.

"SC 리마스터 나와."

—리마스터? 어떤 식으로?

"그래픽과 인터페이스, 유닛 인공지능이 개선되겠지."

뚝—

중요한 용건을 듣더니 인사도 없이 일방적으로 통화를 끊어버렸다. 역시나 성격이 나쁘기로도 이신과 쌍벽을 먹는 황병철다웠다.

황병철뿐만이 아니었다.

이신의 연락처를 알고 있는 e스포츠 관계자란 관계자는 모두 전화해서 질문을 해댔다.

짜증이 치민 이신은 아예 핸드폰을 꺼놓고 지내야 했다.

다행히도 그런 시달림은 오래 가지 않았다.

SC코퍼레이션에서 공식 발표를 했기 때문이었다.

—더욱 완벽하게 개선된 스페이스 크래프트를 여러분께 선보일 예정입니다.

코렛 사장은 온라인 스트리밍 영상을 통해 직접 SC 리마스터를 소개했다.

그 영상에는 이신의 플레이 개인 화면도 포함되어 있었다.

본사 게임룸에서 코렛 사장과 대전했을 때 찍은 영상이었다.

일꾼이 자동으로 자원 채집에 나서고, 다수의 건물이 더블 클릭으로 선택되는 등의 개선된 인터페이스가 동영상에 나타났다.

―보시다시피 게이머의 편의를 생각한 개선된 인터페이스가 SC의 게임성을 더욱 높여줄 것입니다.

―이러한 기본적인 인터페이스의 개선은 프로게이머의 빠른 적응을 위하여 리마스터 출시와 별개로 지금부터 주기적으로 차근차근 패치될 것입니다.

―번거로움을 줄이고 실시간 전략 시뮬레이션이라는 게임 장르가 선사하는 본질적인 재미를 보다 잘 즐길 수 있는 게임이 되리라 믿어 의심치 않습니다.

그밖에도 코렛 사장은 부분 유료화 상품으로 부가적인 수익 창출을 노렸다.

바로 각 유닛마다 다양한 유료 스킨을 제공하여 게이머가 해당 유닛에 원하는 디자인을 적용시킬 수 있는 상품이었다.

―스페이스 크래프트 리마스터 결정!

―SC코퍼레이션, 후속작 대신 리마스터 택했다

―코렛 사장 "리마스터로 e스포츠와 기업 수익 모두 잡겠다"

―SC 리마스터 결정, 인터페이스 개선은 지금부터 주기적으로 패치

―SC코퍼레이션 "리마스터로 획기적으로 개선된 게임성 기대, 카이저의 의견도 다수 반영"

—코렛 사장 SNS에 의미심장한 글 게시. "리마스터에 모두가 깜짝 놀랄 만한 옵션이 추가될 예정"

SC리마스터 소식이 전 세계 e스포츠계를 강타하면서 논란도 많았다.

물론 프로 팀이나 선수들 입장에서는 SC2 개발이 결정된 것이 아니라는 점에서는 안도했다.

자칫 새 게임을 다시 처음부터 연습해야 하는 상황이 만들어질 뻔했던 것.

뿐만 아니라 그래픽의 개선 또한 모두의 환영을 받았다. 개중에는 3D가 아니라는 사실에 실망하기도 했지만 말이다.

—프로게이머의 수명을 늘리기 위한 리마스터로 보인다. 솔직히 찬성이야. 쓸데없이 손이 너무 많이 가서 힘들었거든.

—와, 근데 저거 딱 카이저를 위한 코렛 사장의 버프로 보이지 않아?

—저렇게 개선되면 멀티태스킹 부담이 한결 줄어들지. 컨트롤과 전략에 능한 카이저가 더 유리해질 거야.

—이걸로 카이저의 플레이를 더 오래 볼 수 있다면야 나는 무조건 찬성이지.:)

—제기랄, 그냥 SC2를 만들었어야 했어! SC1은 이제 지겹다고!

—re : 축구는 이제 지겨우니 농구를 하자는 소리와 뭐가 다른지 모르겠다. 항상 새로운 맵이 나오고 그에 맞춰서 전략 전술도 항상 변하지. 스포츠에 있어서 변화란 그걸로 충분해.

―인류의 개사기 건설로봇은 좀 너프가 이루어지는 건가?

―re : 어이~ 코렛 사장은 카이저의 광팬이라고.

―re : 카이저를 무적으로 만드는 데 일조한 개사기 건설로봇이 너프될 리가 없잖아.

―re : re : 설령 인류가 너프된다 해도, 카이저는 신족이나 괴물을 고르면 그만이지. lol

이 발표로 인하여 e스포츠 관련 인터넷 커뮤니티는 모두 논쟁에 휩싸였고, 높은 연령대의 프로게이머들이 은퇴를 좀 더 미루는 효과까지 나타났다.

심지어,

"나도 선수 복귀해 볼까?"

바로 최환열의 입에서 나온 말이었다.

"이제 와서?"

이신이 물었다.

최환열은 조금 민망했는지 머리를 긁적이며 말했다.

"역시 좀 그렇지? 근데 그래도 나 왠지 요즘 들어서 컨디션이 괜찮단 말이야. 건강이 좀 좋아지면서 피지컬도 전보다 좋아진 것 같아. 현역 애들에 비하면 당연히 딸리긴 하지만……."

그건 바로 이신이 최환열에게 걸어주었던 치유 능력의 효과였다.

나이가 들면서 감퇴되는 반사 신경과 뇌 기능은 어쩔 수가 없지만, 건강이 크게 개선되면서 생긴 플러스 효과도 무시할 수가 없었다.

"만약에 인터페이스랑 유닛 인공지능이 개선되어서 손 많이 가는 게 줄어들면, 그래도 해볼 만하지 않을까 싶기도 하고……. 네 생각은 어때?"

"해봐."

"가능성이 있을까?"

"해보고 안 되면 마는 거지."

"이제 와서 복귀한다고 그러면 좀 민망하지 않냐? 성공하면 모를까, 실패하면 그냥 주책으로 끝날지도 모르고……."

"주책이긴 하지."

최환열은 너무 솔직한 이신에게 헤드록을 걸었다.

"근데 나랑 두 살 차이밖에 안 나는 오성준도 아직까지 버티고 있는데, 나라고 못할 건 없잖아?"

그렇게 복귀를 조심스럽게 생각해 보는 최환열이었는데, 사실 이신으로서는 그가 복귀하든 말든 관심이 없었다.

이신이 생각하고 초점에 두고 있는 문제는 따로 있었다.

'인공지능이라…….'

인공지능을 개발하고 싶다는 코렛 사장의 말에 일단은 수락을 했다.

과연 자신의 플레이가 어디까지 구현될 수 있을까?

코렛 사장은 자신감을 드러냈다. 전성기 시절의 이신도 그대로 구현할 수 있다고 했다.

경기 기록은 물론 그 당시에 했었던 리플레이 파일도 많이 남아 있기 때문에 이를 토대로 개발할 수 있단다. 다만 심리전 같은 부분을 이론적으로 체계화할 필요는 있지만 말이다.

그렇게 해서 완성된 자신의 분신은 과연 어떤 모습일까?

그냥 어린아이의 시답잖은 발상 같은 코렛 사장의 아이디어가 이신의 흥미를 묘하게 자극하고 있었다.

그때였다.

"무슨 생각을 그렇게 골똘히 하시나요?"

귀를 즐겁게 하는 미성(美聲)의 목소리가 귓가를 간질였다.

흠칫 놀란 이신이 고개를 들었다.

침실.

붉은 장미가 수놓인 하얀 네글리제 차림의 그레모리가 아찔한 자태를 뽐내고 있었다.

"제가 또 놀라게 했나요?"

그레모리는 장난스럽게 웃으며 물었다. 그 눈웃음이 방심을 흔든다.

"서열전입니까?"

"후훗, 그 용건이 아니면 이렇게 제멋대로 카이저를 불러내지 못했겠죠?"

"그렇군요. 도전하는 겁니까, 도전받는 쪽입니까?"

"물론 우리가 도전하는 입장이죠. 요즘은 도전자의 입장에서 카이저에게 맞설 용기를 가진 계약자가 없더라고요, 호호호."

그녀의 말대로 마계의 72악마군주들 사이에서는 이신의 명성이 자자했다.

최하위에서 지금의 58위에 이르기까지 파죽지세로 승리를 거두는 무서운 실력자의 등장이라고 말이다.

1년도 되지 않아 그레모리에게 예전의 성세를 거의 되찾아 주었으니, 그녀가 다른 악마군주들의 부러움을 사고 있는 것은 당연했다.

"이번 상대는 누구입니까?"

"우리가 도전해야 할 상대는 악마군주 오로바스예요. 그리고 그의 계약자는……."

제9장

프랜시스

"소원이 뭐냐고?"

망망대해를 표류하는 갤리온 한 척.

검은 밤하늘에 장식된 별빛을 안주 삼아 술을 마시던 사내가 킬킬거리며 말했다.

"이 세상에서 가장 위대한 해적이지!"

그러자 기이한 목소리가 뇌리를 울렸다.

[가장 위대한 해적이라.]

"그래, 실컷 죽이고 빼앗고 세상의 온 바다를 누비며 존경받는 그런 해적이 되고 싶단 말이다."

[죽이고 빼앗는 행실과 존경은 그리 어울리는 단어가 아니라는 생각이 들지 않나?]

그러자 사내는 코웃음을 쳤다.

"한둘을 죽인 살인자와 조그마한 물건을 훔친 좀도둑은 경 멸을 받지. 근데 수십만을 죽인 살인자는 정복자라 불리고 어 마어마한 것을 훔친 대도는 영웅이라 불리지. 그게 세상 이치 아니겠어?"

[짐짓 호탕하고 멋진 척 말하는군. 하지만 결국 하고 싶은 대로 실컷 살면서 영웅 소리를 듣고 싶다는 게 아니냐.]

"푸하하! 맞다! 그러니까 소원이지!"

[마음에 드는군.]

"뭐가?"

[절대로 지옥행을 벗어나지 못할 놈으로 보여서 하는 말이 다.]

"이봐, 악마 양반. 내가 이번에 항해하면서 댁 덕분에 심심할 겨를이 없어서 좋긴 했지만 이제 슬슬 용건을 들어보고 싶은 데?"

[흐흐, 그렇게 생각하나? 이 나에게는 네가 죽어서 지옥에 떨어지기를 기다려도 그리 긴 시간이 아니지만, 인간인 네게는 아니겠군.]

"무엇보다도 궁금해 미치겠거든. 나의 참을성은 세상 많은 인간들 중에서 가장 형편없지."

[크흐흐흐.]

악마의 웃음소리가 음산하게 울려 퍼졌다.

그럼에도 두려워하는 기색이 조금도 없는 사내는 과연 악마가 눈여겨보는 걸물이라 할 만했다.

"악마 양반, 말해봐. 내 소원을 들어주는 대신 나는 당신에게 무엇을 해야 하는 거야?"

[지금까지와 비슷한 일일지도 모르지.]

"지금 내가 하는 짓?"

[그렇다. 내가 시키면 너는 나를 위해 싸우면 된다. 그리고 이기면 호사스러운 상을 받지.]

사내는 사략 해적이었다.

주로 스페인 함선을 대상으로 노략질을 하고 그 일부를 영국 왕실에 바치고 있었다.

즉, 영국 왕실의 사주를 받아 노략질을 행하는 인물이었다.

사실 이 시대에는 딱히 특별할 것이 없었다. 거의 대부분의 국가가 사략 허가를 내주고 있었고, 워낙 떨어지는 소득이 많아 해운회사나 선주(船主)들이 정상 무역보다 사략 행위를 더 선호했다.

심지어 멀쩡한 군선(軍船)도 사략선으로 둔갑하여 노략질을 했으니 말이다.

다만 사내가 특별한 이유는 솜씨가 매우 출중하다는 점. 그 가진 바 재능은 악마조차도 주목할 정도인 것이었다.

"푸하하, 고작 그거야?"

[고작이라고 하기에는 내게 너무 많은 것이 걸려 있지. 하지만 네 적성에 아주 잘 맞을 거라고 장담할 수 있다.]

"그것만 약속하면 내 소원을 들어준다 이거지?"

[그렇다.]

"흐음, 악마라. 내가 살다 살다 악마를 만나게 될 줄은 몰랐군. 이 세상에 악마가 있다면 아마 내가 아닐까 하는 생각도 했었는데 말이야."

[생각할 시간이 더 필요한가? 말했다시피 시간이 많은 쪽은 나지 네가 아니다.]

"아니, 아니. 길게 생각할 필요도 없겠는데? 악마 양반의 말대로라면 어차피 난 지옥행이잖아?"

[진심으로 뉘우치고 회개할 자신이 있다면 다른 말로를 기대해 보아도 말리지 않겠다.]

"푸하하하! 그게 가능할 리가 있나. 좋아, 댁의 제안에 응하겠어."

[현명한 선택이었다.]

"자, 그럼 슬슬 당신의 정체를 듣고 싶군. 당신의 이름은 뭐야?"

[나는 72악마군주의 한 사람인 악마군주 오로바스. 거짓을 간파하고 지위와 공적을 선사하는 권능을 가지고 있지. 나의 계약자가 된 것을 환영한다, 프랜시스 드레이크.]

그 뒤로 프랜시스 드레이크는 약속받은 영광의 인생을 살았다.

1580년에 마젤란에 이어 두 번째로 세계 일주에 성공해 명성을 떨쳤다.

1581년에 영국 여왕의 엘리자베스 1세로부터 해군 중장으로 임명받아 스페인과 싸우기 시작했다.

영국 왕실의 지원까지 받으며 약탈 행위를 지속하자, 이에 스페인은 무적함대를 내세워 영국을 공격하는 계기가 되었다.

프랜시스 드레이크는 이 스페인 무적함대를 상대로 싸워서 영국의 대승을 이끌었다.

물론 무리하게 약탈을 하려고 멋대로 움직였다가 함대를 잃는 실책도 보이긴 했지만, 사실상 재정적 능력이 없었던 영국이 전쟁을 수행할 수 있었던 것은 그가 막대한 재물을 가져다준 덕분이었다.

신출귀몰하게 움직이며 맹활약을 떨친 그를 스페인은 엘 드라케(악마, 드래곤)라 부르며 두려워했다. 1596년에 영국의 해상 패권에 큰 기여를 한 드레이크는 열병으로 사망, 철제 관에 넣어져 수장되었다.

그리고…….

"이신?"

"그 유명한 그레모리의 계약자다. 지금까지 패배를 한 번밖에 하지 않았다는군."

반인반마의 형상을 한 악마가 말했다.

상반신은 인간이었지만 하반신과 머리는 말이었으며, 붉은 갈기와 은으로 된 발굽을 지녔다.

바로 악마군주 오로바스였다.

"그 패배 하나도 조아생 뮈라에게 기습을 당한 거였는데, 곧 바로 보복했다는군."

"푸하하! 조아생 뮈라, 그 멧돼지인가. 그럼 실질적으로 머리로 싸워서 당해낸 사람이 아직까지 아무도 없다는 건데?"

"그 멧돼지도 다시는 이신과 겨루려 하지 않는다는군."

"힘들잖아. 그런 상대는 피하는 게 상책인데."

악마군주 그레모리와 그녀의 계약자 이신은 이미 마계에 명성이 자자했다.

가끔 이런 신인의 행운이 있긴 했지만, 그레모리의 계약자는 연승 행진이 심상치가 않았다. 소문에 의하면 상위의 계약자들까지도 관심을 갖고 있다고 한다.

드레이크로서는 학을 떼며 질색할 노릇이었다.

"별수 없다. 그쪽에서 벌써 우리에게 도전할 수 있는 위치까지 올라왔으니까."

"이상한데. 전에는 60위라고 들었다고."

"악마군주 안드라스가 5만 마력을 풀 배팅했다가 대패했다는군. 덕분에 두 계단 건너뛰어서 지금 58위다."

"푸하하! 라스푸틴, 그 자식이 또 자기 능력을 믿었다가 큰코다쳤군."

"하지만 넌 그 능력에 당한 적이 있었지."

"쓸데없는 지적은 필요 없어."

악마군주 오로바스의 지적에 드레이크의 표정에 짜증이 어렸다.

드레이크는 기습 작전을 즐겨 썼는데 상대의 공격을 예고하는 라스푸틴의 까마귀는 천적이나 다름없었다.

"라스푸틴을 이겼다면 정말로 실력이 좋다는 뜻인데."

흉조를 알리는 까마귀를 소환하는 라스푸틴은 실력 있는 계약자와 아직 미숙한 계약자를 구분하는 기준이었다.

"어쨌든 선택권은 없다. 네가 자신이 없다면 마력을 최소한으로 생각해 봐야지."

"대체 이신이라는 그 녀석은 뭐하다가 계약자가 됐대?"

"잘 모른다. 아직 죽지 않았다는군."

"우와, 완전 파릇파릇한 어린애군. 지금이 20세기였던가?"

"21세기라는군."

"휴우, 세월 하곤……."

드레이크는 고개를 휘휘 내저었다.

"어쩔 텐가?"

"최소한의 마력으로 싸워보지. 그래도 종족이 휴먼이라는 점에서 조금 비벼볼 만할 것 같은데."

"나폴레옹도 종족은 휴먼이지."

"시끄러."

*   *   *

프랜시스 드레이크.

익히 들어본 이름이었다.

16세기에 영국과 스페인이 해상 패권을 놓고 맞붙었던 칼레 해전에 대한 글을 읽은 적이 있었다.

드레이크는 보급 물자를 끊임없이 습격해 스페인 무적함대의 출진을 몇 번이고 방해했다.

오늘날 해적이라고 하면 가장 먼저 떠올릴 이름으로, 부귀영화를 거머쥔 몇 안 되는 성공한 해적의 전형이었다.

"그런데 드워프라고?"

"그래. 그러고 보니 드워프를 상대로는 처음 싸워보나?"

조아생 뮈라가 물었다.

이신의 조언에 힘입어 최근 서열을 많이 끌어올린 조아생 뮈라. 그 대가로 조아생 뮈라는 이신에게 프랜시스 드레이크에 대해 아는 대로 정보를 제공하고 있었다.

다행히 조아생 뮈라는 프랜시스 드레이크와도 서열전을 치러본 경험이 있었다.

"튼튼하다고 해야 하나?"

"튼튼해?"

"맷집이."

조아생 뮈라는 씨익 웃으며 말을 이었다.

"그래서 쓰러질 때까지 계속 두들겨 패줬지. 결국 내가 이겼어, 끝."

"방어가 좋았다는 뜻이군."

"물론이지. 종족이 드워프잖아. 방어에 특화되기로는 휴먼보다 더하면 더했지 결코 못하지 않다고."

"의외인데."

이신은 고개를 갸웃거렸다.

살아생전에 노략질로 악명을 떨쳤던 프랜시스 드레이크. 스페인 무적함대와 해전을 치르는 와중에도 노략질에 미쳐 멋대로 행동했다가 사령관 찰스 하워드와 갈등을 빚어 부사령관의 직책에서 해임당하기도 했다.

그런 그가 드워프로 방어적인 전략을 구사했다니 성격에 어울리지 않는 스타일이었다.

"다른 특이사항은 없었고?"

"음, 병력의 이동 속도를 조절하는 능력이 있던데?"

"그게 악마로서 각성한 능력인가 보군?"

"그렇겠지. 근데 그래봐야 드워프라 느림보들이지만 말이야, 흐흐."

무식한 조아생 뮈라가 들려주는 말을 통해서 힌트를 얻어내기란 매우 힘이 들었다.

하지만 이신은 나름대로 프랜시스 드레이크의 스타일에 대해 어느 정도 파악을 할 수 있었다.

'드워프는 장단점이 아주 뚜렷한 종족이다.'

드워프는 어찌 보면 휴먼과 비슷했다.

처음 소환할 수 있는 전투병인 드워프 총수는 휴먼의 궁병과 비슷하고, 드워프 포병은 휴먼의 투석기와 역할이 비슷했다.

휴먼에게 열기구가 있다면 드워프는 그보다 훨씬 큰 비행선이 있었다. 한마디로 드워프는 휴먼보다 더 발달한 문명이라고 보면 이해하기 쉬웠다.

게다가 드워프는 휴먼처럼 나약하지 않다. 드워프 개개인의 체력이 막강하기 때문에 초반에도 강했다.

즉, 휴먼의 단점이 극복된 종족!

이렇게만 보면 차라리 드워프를 하지 휴먼을 왜 해야 하나 싶다. 하지만 이신이 드워프 대신 휴먼을 택한 점은 다 이유가 있었다.

그것은 바로 이동 속도.

키가 작은 탓에 다리도 짧아 걸음이 느리다. 대포를 끌고 다니는 포병은 물론, 공중전 전력인 폭격기도 비행 유닛치고는 속도가 느렸다.

스페이스 크래프트를 할 때도 보병이나 고속전차, 스텔스 전투기 등 이동 속도가 빠른 유닛들로 스피디한 전술을 즐겨 구사하는 이신으로서는 도저히 드워프가 체질에 안 맞았던 것이다.

'프랜시스 드레이크가 굳이 이런 드워프를 고른 것은 총이나 대포 등의 무기가 생전에 사용했던 무기와 가장 비슷하기 때문이겠지.'

그렇다면 생각할 수 있는 드레이크의 전략은 간단했다.

드워프 종족 특유의 방어력으로 디펜스를 갖춰놓고, 소수 전력으로 기습을 펼친다.

조아생 뮈라를 상대로 그러한 기습을 펼치지 못했던 이유도 간단했다.

'조아생 뮈라가 그럴 틈을 주지 않았겠지.'

조아생 뮈라는 공격 타이밍이 매우 빠르고 종잡을 수도 없다.

심지어는 오크 노예에게 빙의해서 시작과 동시에 공격 들어온 적도 있었다.

아마 조아생 뮈라와 싸웠을 때 드레이크는 방어만 실컷 하다가 무너졌을 것이다.

'어찌 보면 환열이 형 같은 스타일인가.'

레전드 프로게이머 최환열은 인류 대 인류전에 있어서 탄탄한 디펜스 라인을 그어서 반반싸움으로 몰고 가면서, 소수 병력의 드롭으로 상대를 흔들었다.

드레이크도 이와 비슷하다고 보면 될 듯했다.

'그럼 어떻게 상대해야 할지도 대충 감이 오는군.'

이신은 최환열을 3 대 0으로 꺾었었다.

드워프를 상대로 한 서열전은 아직까지 치러본 적이 없는 이신이었기에 상당히 긴 준비 기간을 가지고 모의전을 치렀다.

질 드 레는 이번에는 드워프로 이신의 모의전 상대가 되어 주어야 했다.

하지만 질 드 레는 그동안 스피드가 빠른 마물을 다뤘던 탓에 느리기 짝이 없는 드워프에 쉽사리 적응을 못 했다.

"스피드가 느리다고 템포가 느린 게 아니야."

이신이 충고를 했다.

"말뜻을 잘 이해하기 힘듭니다."

"휴먼도 마찬가지지만, 드워프는 특히나 더 자리를 잡는 게 중요해."

"그건 알고 있습니다. 하지만 속도가 느리니 자리 잡기 싸움에서 이기기가 힘듭니다."

"그래서 더 빨라야 해."

"예?"

의아해하는 질 드 레에게 이신이 말했다.

"생각과 결단."

이신이 계속 말했다.

"원하는 위치를 먼저 선점하려면, 상대의 주의를 다른 곳으로 돌리거나 상대의 방해를 극복할 수 있는 전력을 모으거나 하는 준비가 필요해. 그때그때 상황을 보며 즉흥적으로 판단한다면, 아무리 빨라도 늦어."

"무슨 말뜻이신지 알겠습니다."

"크게는 전략, 작게는 적을 타격하는 작은 전술까지도 그렇게 미리 설계되어 있어야 한다."

"예, 제게 잠시 시간을 주십시오."

이신은 고개를 끄덕였다.

갑자기 생소한 종족인 드워프를 지휘하게 되었으니 연구할 시간을 더 주어야 했다.

다만, 이신의 준비도 바쁜데 질 드 레에게까지 시간을 주자니 너무 많은 시간이 소요되는 단점이 있었다.

그러다가 이신은 문득 무언가가 떠올랐다.

"콜럼버스!"

"예, 주군!"

"너도 뱃사람이지?"

"헤헤, 제가 뱃사람이 아니면 누가 뱃사람이겠습니까?"

콜럼버스가 헤죽거리며 웃었다.

유럽과 아메리카를 연결하는 신항로를 개척한 콜럼버스는 프랜시스 드레이크보다 더 이전 시대의 탐험가였다.

"너도 한 번 내 모의전 상대가 되어봐라."

"제가요?"

콜럼버스가 눈을 휘둥그렇게 뜨고 물었다.

"너도 프랜시스 드레이크와 마찬가지로 뱃사람이었으니 참고가 될지도 모르지."

"프랜시스 드레이크라! 들어봤는데 악마라 불릴 정도로 스페인을 괴롭힌 유명한 해적 놈이라면서요?"

"그래, 너도 어디 한 번 네 나름대로 드워프를 지휘해 보아라."

"예!"

그리고 이신은 질 드 레에게도 말했다.

"콜럼버스와 너 둘이서 번갈아가며 내 모의전 상대가 되어라. 자기 차례가 아닐 때는 모의전을 관람하면 참고가 될 것이다."

"알겠습니다."

물론 콜럼버스와 프랜시스 드레이크의 능력은 비교 자체가 불가능했다.

프랜시스 드레이크는 마젤란에 이어 두 번째로 세계 일주에 성공한 탐험가이자, 스페인 무적함대 격파의 일등공신.

그에 비해 콜럼버스는 지구 한 바퀴 반이나 되는 엄청난 오차의 거리 계산법으로 항해를 시작했고, 죽을 때까지 아메리카를 인도라 믿은 작자였다.

당대 군주들 대부분이 콜럼버스의 탐험을 후원해 주지 않은 것은, 19세기 소설가 워싱턴 어빙의 소설처럼 지구가 평평하다고 생각했기 때문이 아니었다.

그 시대는 이미 지구가 둥글다는 상식을 전제로 항해술이 발달했고, 군주들은 콜럼버스의 계산대로 대서양을 통해 인도로 향했다가는 물귀신이 되리라는 걸 알았다. 아메리카 대륙의 존재를 몰랐던 걸 감안하면 타당한 판단이었다.

그럼에도 새로운 항로를 개척할 필요가 있었던 스페인의 이사벨라 1세 여왕에게 후원을 받아냈지만 말이다.

'어찌 되었든 연습 상대로 써서 도움이 된다면 그만이지.'

그때부터 이신은 두 사람을 번갈아 상대하며 드워프를 상대로 한 서열전 감각을 끌어올렸다.

콜럼버스를 또 다른 연습 상대로 삼은 이신의 선택은 옳았다.

콜럼버스는 군사 전문가인 질 드 레와 관점이 달랐다. 질 드 레는 이신의 전략을 파악하고 분쇄하는 데 골몰했다면, 콜 럼버스는 그런 투쟁심보다는 시간과 거리의 계산으로써 접근 했다.

놀랍게도 콜럼버스는 전장의 중앙 지역에 소화기공방을 건 설했다.

소화기공방에서 소환된 드워프 총수를 다수의 드워프 광부 (마력석을 채집하는 드워프의 일꾼)와 대동시켜서 초반 기습을 펼 쳤다.

이신을 흉내 낸 치즈러시. 드워프의 짧은 다리라도 전장 중 앙에서 소환되어 걸어가면 원하는 시간에 적진에 도달할 수 있 다고 계산한 것이었다.

비록 막아내고 승리하긴 했지만, 이신은 이때 상당히 고전해 야 했다.

똑같이 병력이 많지 않은 초반에는 체력이 우수한 드워프 쪽 이 육탄전에서 유리했기 때문이었다.

물론 이신이 치유 능력을 동원했다면 더 쉽게 막았겠지만, 지금은 빙의해야 하는 콜럼버스가 없어 불가능했다.

"잘했다."

이신의 칭찬에 콜럼버스는 의기양양한 표정이 되었다.

이 같은 콜럼버스의 색다른 관점과 시도는 질 드 레에게 영 감을 주었다.

콜럼버스는 이따금 엉뚱한 시도만 할 뿐 실력은 제자리걸음을 하였지만, 덕분에 질 드 레가 일취월장하였다.

시행착오 끝에 질 드 레의 드워프 전략 방침이 어느 정도 자리가 잡혔다.

수비 태세를 갖춰가며 차근차근 안전하게 마력석 채집장을 늘려 나간다.

그렇게 모은 병력의 막강한 화력으로 전진.

전진할 때마다 추가로 마력석 채집장을 가져가며 점진적으로 전장을 장악하는 방식이었다.

드워프에 가장 어울리는 정석적인 운영이 바로 이런 것이라고 이신은 생각했다.

이 기본 정석에서 개개인마다 자기만의 색깔을 입힐 것이다.

그리고 프랜시스 드레이크가 가진 색깔은 소수 부대의 침투 및 기습을 통한 흔들기라고 이신은 확신했다.

'이제 문제는 어떤 능력을 가지고 있느냐군.'

프랜시스 드레이크도 악마로서의 고유 능력을 가지고 있을 터. 그것이 어떤 변수가 될지 알 수 없었다.

'모르긴 몰라도 아마 기습 작전과 관련된 능력을 가지고 있을 가능성이 높지.'

이신은 철저한 모의전으로 준비를 해나갔다.

그렇게 시간이 흘렀다.

*   *   *

"이번 서열전은 여러 번 치러야 할 수도 있어요."

서열전 준비에 몰두하던 이신에게 그레모리가 말했다.

"한 번이 아닐 수 있단 말씀이십니까?"

"네, 최근 들어 유행하고 있는 서열전 방식이 있죠."

의아해하는 이신에게 그레모리가 설명해 주었다.

72악마군주들의 최상위권.

나폴레옹을 계약자로 거느린 바알부터 시작해 아가레스, 바싸고, 가미진, 마르바스, 발라파르, 아몬 등은 보유한 마력량이 수백만 단위에 달하는 어마어마한 악마군주들이었다.

당연히 서로 간의 마력량 차이도 수십 만가량이었다.

문제는 서열전에서 배팅할 수 있는 마력량은 최소 1만, 최대 5만이라는 점.

"즉, 서열이 바뀌려면 서열전을 한두 번만 치러서는 어림도 없는 거예요."

"카사노바와 겨뤘을 때처럼 여러 번 치르겠군요."

3판 2선승 규칙으로 서열전을 치렀던 카사노바와의 서열전 기억을 떠올리며 이신이 말했다.

"네, 다만 계속 도전할지 포기할지는 도전자의 의지에 달렸죠."

서열전 한두 번 가지고는 서열 변동이 이루어지지 않는 최상위권.

한 판에 운명이 갈리지 않으니 긴장감이 하위권보다 떨어진다고 생각할 수도 있었다.

하지만 잘 생각해 보면 그것은 훨씬 더 피 말리는 사투였
다.

한 번 기세 싸움에서 도전자에게 밀렸다가는, 도전자에게 계
속해서 연패해 마력을 자꾸만 갈취당하는 사태가 벌어진다.

나름대로 매우 살벌한 세계인 것이다.

"상대가 그걸 흉내 낼 수 있다는 것이군요."

"그래요. 현재 제가 보유한 마력량은 33만 가량인데 악마군
주 오로바스는 36만 정도예요. 만약에 악마군주 오로바스가
1만씩 배팅을 한다면, 우리가 이긴다 해도 한 번 더 싸워야 하
죠."

"장단점이 뚜렷하겠군요."

"네."

이신은 여러 번 게임을 치르는 다전제의 속성에 대해 누구보
다도 잘 알았다.

예를 들어 회심의 깜짝 전략을 준비했는데 한 판 더 싸워야
한다면 곤란해진다.

즉, 다전제는 상대에 대해 얼마나 잘 분석해서 많은 수를 준
비해 왔느냐에 걸렸다.

뿐만 아니라 무엇보다도 기본기가 중요했다.

"서열전은 많이 치를수록 계약자의 실력도 올라가기 때문에
요즘은 이 방식을 많이 선호한다고 하더라고요."

곰곰이 생각해 본 이신이 입을 열었다.

"제 예상에 오로바스의 계약자 프랜시스 드레이크는 기습 작전을 즐겨 사용할 것이라 생각됩니다."

"그래요?"

"악마군주 오로바스가 마력을 어떻게 배팅하느냐에 따라 프랜시스 드레이크의 스타일이 분석될 것이라 생각됩니다."

똑같이 기습을 선호해도 사람에 따라 스타일이 천차만별이었다.

황병철은 기습 한 방에 올인을 한다.

이신은 상대가 그로기 상태에 빠질 때까지 쉬지 않고 펀치를 퍼붓는 반면 레전드 프로게이머인 최환열이나 오성준의 경우는 운영상의 이득과 우위를 위해 상대를 견제한다. 한마디로 몇 포인트를 득점하기 위한 가벼운 잽이라 할 수 있었다.

프랜시스 드레이크가 이중 어떤 스타일일지는 아직 미지수. 하지만 악마군주 오로바스의 마력 배팅량을 통해 예측할 수 있다고 생각하는 이신이었다.

'2만 이상의 마력을 한 번에 배팅하면 기습 작전에 무게를 많이 뒀다는 뜻이다.'

반대로 마력을 1만만 배팅한다면, 기습 작전이 한 번 노출되어도 상관없다는 뜻이었다.

즉, 기습이 운영상의 일환이라는 것이었다.

'생각해 보니 이쪽이 더 가능성이 높군.'

칼레 해전을 생각해 보면, 프랜시스 드레이크는 상습적으로 스페인 함대를 노략질해 악마라 불린 남자였지 크게 한 방으로 끝낸 스타일이 아니었다.

"아무튼 상대가 여러 번 서열전을 치른다면 저도 준비할 게 더 많아지겠군요."

"호호, 그렇겠네요. 수고해 주세요."

"예."

그렇게 이신은 서열전 준비를 마무리했다.

서열전을 준비하면서 부수적인 소득도 거뒀다. 바로 질 드 레와 콜럼버스의 실력 향상이었다.

"주군 덕분에 여러 가지 종족을 해보니 서열전에 대해 더 잘 이해할 수 있을 것 같습니다."

"원래 상대를 잘 알아야 싸워 이길 수가 있지."

이신은 당연하다는 듯이 대답했다.

프로게이머들은 기본적으로 하루 연습을 시작할 때, 손을 풀면서 다른 종족으로 플레이를 해본다. 직접 플레이해 봐야 더 상대 종족을 잘 이해하게 되고 그만큼 상대가 어떤 의도를 품고 있는지 잘 파악하게 되기 때문이었다.

질 드 레는 그걸 이제야 깨달은 것이다.

"제가 계약자였던 시절에 지금 같은 실력을 가지고 있었다면 그렇게 허망하게 버려지지 않았을지도 모르겠군요. 물론 주군을 만난 덕분에 이렇게 강해졌으니 과거에 대한 미련은 없습니다."

질 드 레로서는 계약자 자리에서 쫓겨나 다시 지옥에 돌아가

게 될지도 모른다는 압박감에 시달렸던 옛날보다, 이신의 권속
이 되어서 마계에 정착한 지금이 더 행복할 터였다.

이신은 문득 궁금해졌다.

"한때 15위에 있었다고 했지?"

"예, 별다른 활약도 못 해보고 연패하여 쫓겨나긴 했습니다
만."

"그쪽 계약자들의 실력은 어느 정도지?"

그 질문에 질 드 레는 조금의 고민도 없이 대답했다.

"아마 지금의 제 수준쯤 되지 않을까 싶습니다."

"그런가."

"하지만 아직까지 주군보다 강한 계약자는 본 적이 없습니
다."

"현재 10위 이내에 있는 계약자들과도 서열전을 치러본 적이
있나?"

"한 번도 없습니다. 하지만 10위권에 새로 진입한 계약자는
지금까지 한 명도 없었습니다. 그들의 강함은 상상을 초월한다
고 하더군요."

"재미있겠군."

"예, 주군이시라면 그들과도 능히 대적하실 수 있을 겁니
다."

이신은 고개를 끄덕이며 씨익 미소를 지었다.

"결국 그곳까지 이르게 될 거야. 그리 긴 세월이 걸리진 않을
거야."

1위 나폴레옹. 그밖에도 기라성 같은 영웅들이 그곳에 있을 것이다.

그런 이들과 승부를 겨룬다니, 상상만 해도 매우 즐거운 일이었다.

『마왕의 게임』 10권에 계속…

신간 100%, 샤워실, 흡연실, 수면실(침대석), 커플석, 세탁기 완비

▪ 광명 광명사거리역점 ▪

경기도 광명시 오리로 986 광명사거리역 6번 출구 앞 5층
02) 2625-9940 (솔목타워 5층)

▪ 강북 노원역점 ▪

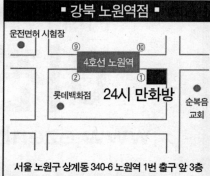

서울 노원구 상계동 340-6 노원역 1번 출구 앞 3층
02) 951-8324 (화용빌딩 3층)

▪ 일산 정발산역점 ▪

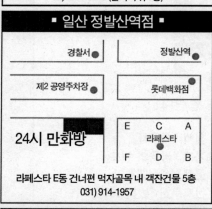

라페스타 E동 건너편 먹자골목 내 객잔건물 5층
031) 914-1957

▪ 일산 화정역점 ▪

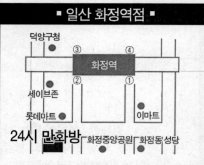

경기도 고양시 덕양구 화정동 984번지 서일빌딩 7층
031) 979-4874 (서일사우나 건물 7층)

▪ 부천 역곡역점 ▪

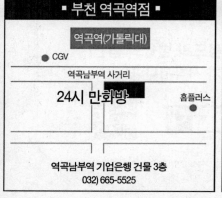

역곡남부역 기업은행 건물 3층
032) 665-5525

▪ 부평역점 ▪

(구)진선미 예식장 뒤 한신포차 건물 10층
032) 522-2871

FUSION FANTASTIC STORY

묘재 장편소설

7번째 환생

이 모든 것이 신의 장난은 아닐까.

영원한 안식이 아닌,
환생이라는 저주 아닌 저주 속에서 여섯 번째 삶이 끝났다.

"드디어 내 환생이 끝난 건가?"

그런데 뭔가, 지금까지와 다른데?

"멸망의 인도자 치우, 그대에게 신의 경고를 전하겠어요."

최치우, 새로운 7번째 삶이 시작된다!

Book Publishing CHUNGEORAM

침략자 장편소설

FUSION FANTASTIC STORY

작가
정규현

출판 작가 정규현,
완결 작품 4질, 첫 작품 판매 부수 79권

"작가님, 이건 좀 아닌 것 같습니다."
"대마법사, 레이드 간다! 5권까지만 종이책으로 가고
6권은 전자책으로 가겠습니다."

"15페이지 안에 흥미를 유발하지 못하면 계약은 없습니다."

언제나 당해왔던 그가 달라졌다?
조기 완결 작가 정규현의 인생 역전기!

Book Publishing CHUNGEORAM